Nathalie Antien

Nephthys

L'étoile des pyramides

© 2025 Nathalie Antien

Édition : BoD · Books on Demand, 31 avenue Saint-Rémy, 57600 Forbach, bod@bod.fr

Impression : Libri Plureos GmbH, Friedensallee 273, 22763 Hamburg (Allemagne)

ISBN : 978-2-3225-6949-6

Dépôt légal : Mars 2025

Loi n°49-956 du 16 juillet 1949 sur les publications destinées à la jeunesse.

« La vraie sagesse est moins présomptueuse que la folie. Le sage doute souvent et change d'avis ; l'insensé est obstiné et ne doute pas ; il sait tout sauf sa propre ignorance. »

Akhénaton, Pharaon d'Egypte.

Nathalie Antien

Nephthys

L'étoile des pyramides

Prologue

Tapie dans l'ombre, une fine silhouette s'est recroquevillée comme un prédateur aux aguets derrière l'un des piliers de la grande salle du temple. Elle attend son heure. Tous ses sens sont en alerte. L'endroit est cependant désert. Un silence glacial règne dans l'édifice imposant. Elle n'ose à peine respirer, tant l'instant est crucial. L'objet délicat qu'elle tient dans la main nécessite maintes précautions. Elle est consciente de son sursis. Démasquée, elle devrait fuir et son plan serait irrémédiablement maudit pour l'éternité.

L'ombre funeste patiente. Toute erreur serait inacceptable et conduirait à sa perte...

Chapitre 1

Au bord du Nil scintillant, le soleil d'Égypte brille intensément, illuminant le paysage majestueux des pyramides qui se dressent fièrement à l'horizon. Nephthys se tient là, une silhouette imposante contre le ciel azur. Sa peau dorée, éclatante sous les rayons du soleil, irradie une lumière presque aveuglante tout autour d'elle. Ses yeux, d'un bleu profond et maquillés avec soin, rappellent les eaux calmes et mystérieuses du fleuve sacré, captivant quiconque croise son regard.

Elle ajuste ses cheveux noirs, ornés d'une coiffe de bijoux sertis d'or et de lapis lazuli, cette magnifique pierre bleue qu'aiment porter les femmes égyptiennes. L'ensemble scintille au gré de sa démarche fluide. Ses pendentifs multicolores, délicatement fixés, dansent au gré du vent chaud, ajoutant une touche de vivacité à son apparence déjà éblouissante. Nephthys inspire profondément, sentant l'air chaud et chargé d'histoire. Elle sait que son destin l'attend, mais le chemin est semé d'embûches.

— Je ne laisserai personne me dire que je ne peux pas être pharaon, murmure-t-elle d'une voix ferme et résolue.

Elle se tourne vers les pyramides, ces géants de pierre qui ont vu tant de rois et de reines.

— Je suis aussi digne qu'eux !

Tout autour d'elle, les gens s'activent, chacun occupé à une tâche bien précise. Dans la cité d'or, située au pied des majestueuses pyramides, la vie s'anime avec une énergie fulgurante. Les citoyens se démènent dans un ballet quotidien, chacun jouant son rôle dans cette communauté vibrante.

Les femmes, vêtues de robes légères en lin, aux couleurs vives, se déplacent avec grâce. Certaines portent des paniers tressés sur la tête, remplis de fruits et de légumes frais. Elles

les vendent ensuite sur le marché. D'autres s'affairent autour des foyers, préparant des repas savoureux pour leurs familles. Leurs bras sont ornés de bracelets en or et en argent, témoignant de leur statut ou de leur artisanat.

Les enfants, joyeux et insouciants, courent dans les ruelles pavées, leurs rires résonnant comme des petits cris d'oiseaux affolés. Ils portent des tuniques simples, souvent un peu trop grandes pour eux, ce qui ajoute à leur charme. Certains jouent à des jeux traditionnels, tandis que d'autres aident leurs parents en portant de petits paquets ou en s'occupant des animaux.

Les vieillards, sages et respectés, se rassemblent à l'ombre des palmiers. Ils portent des vêtements amples et confortables de la couleur de l'argile. Leurs visages burinés sont marqués par le temps, témoignant d'une vie riche en expériences. Ils racontent des histoires aux plus jeunes, transmettant la culture et les traditions de génération en génération.

Les chiens errants, au pelage hétéroclite, se faufilent entre les jambes des passants, cherchant des restes de nourriture ou une caresse amicale. Ils ajoutent une touche de vie sauvage à cette cité organisée, se mêlant aux humains avec une aisance naturelle.

Chacun, dans cette cité d'or, contribue à l'effervescence de la vie quotidienne, que ce soit par le commerce, l'artisanat, l'agriculture ou la transmission des savoirs. Ensemble, ils forment une communauté unie, vibrante et pleine d'espoir, au cœur de l'une des merveilles du monde.

Alors que Nephthys est absorbée par ce peuple qui la rend si fière, un jeune homme s'approche. Khepri, l'ami de Nephthys, se tient avec une prestance remarquable. Ses cheveux noirs de jais tombent en mèches soyeuses autour de son visage, accentuant ses traits marqués et sa détermination. Il est grand et musclé, sa stature imposante dégage une force tranquille.

Il porte des vêtements qui allient à la fois confort et élégance. Une tunique légère, d'un tissu fluide, épouse son corps athlétique tout en lui permettant de se mouvoir avec aisance. Les couleurs de sa tenue sont de teintes profondes, comme le bleu nuit ou le vert émeraude, qui mettent en valeur son teint hâlé.

Aujourd'hui, il s'est paré de magnifiques bijoux qui le font rayonner encore davantage.

— Tu es très élégant, Khepri ! le complimente Nephthys.

La démarche de l'homme est gracieuse. chaque pas est mesuré, témoignant d'une confiance en soi indéniable. Khepri se déplace avec une fluidité qui rappelle celle d'un félin, alliant puissance et délicatesse. Son allure générale est celle d'un homme qui sait ce qu'il veut et qui n'hésite pas à poursuivre ses objectifs avec détermination.

— Merci pour le compliment, répond-il. Tu es superbe, toi aussi.

L'élégance naturelle de Khepri se manifeste non seulement dans son apparence, mais aussi dans ses gestes. Il a cette capacité à captiver l'attention des autres, que ce soit par un simple sourire ou un regard intense. L'homme tout entier incarne une harmonie entre force et raffinement, ce qui le rend tout à fait fascinant. Ses cheveux courts sont dissimulés sous une coiffe de soie et ses traits sont d'une finesse presque féminine. Nephthys se souvient que c'est précisément ce détail qui plait à sa sœur. Tandis qu'il s'adresse à son amie, son regard est empreint d'admiration.

— Nephthys, tu es incroyable, dit-il avec un sourire. Mais tu sais que beaucoup ne te prendront pas au sérieux simplement parce que tu es une femme.

Elle fronce les sourcils, déterminée.

— Et c'est précisément pourquoi je dois me battre. Je ne peux pas laisser les traditions anciennes dicter mon avenir. Je suis capable de gouverner, de mener notre peuple vers la prospérité.

Khepri hoche la tête, conscient des défis qui l'attendent.

— Je crois en toi, mais tu devras rassembler des alliés. Les nobles ne te suivront pas sans preuve de ta force.

Nephthys se redresse, son regard se durcit.

— Alors je leur montrerai qui je suis ! Je vais m'entraîner, je vais apprendre à diriger. Je ne reculerai devant rien.

Le jouet en bois d'un enfant atterrit subitement aux pieds de la jeune femme. Pleine d'empathie, elle se baisse pour le ramasser et lui redonner. En guise de remerciement, le petit garçon exécute une sorte de révérence maladroite.

— On dirait bien que tu as déjà l'étoffe d'un Pharaon, dit malicieusement son ami.

Le vent souffle doucement, apportant avec lui le murmure des rives du Nil. Nephthys ferme les yeux un instant, visualisant son avenir. Elle voit un peuple uni, un royaume prospère, et elle, au sommet, couronnée pharaon.

— Je vais changer les choses, Khepri, déclare-t-elle avec passion. Je vais montrer à tous que le pouvoir n'est pas une question de genre, mais de cœur et de détermination.

Khepri sourit. Son attitude volontaire l'inspire :

— Alors je serai à tes côtés, quoi qu'il advienne. Ensemble, nous ferons entendre notre voix.

Nephthys ouvre les yeux, un sourire éclatant illuminant son visage :

— Ensemble, nous ferons trembler les fondations de l'Égypte ! déclare-t-elle.

Et tandis qu'elle se tient là, devant les pyramides, une nouvelle ère semble se dessiner à l'horizon, portée par la force d'une femme prête à défier le destin.

Chapitre 2

Alors que l'ombre envahit les pyramides, Tarek scrute l'horizon. Le dieu soleil décroit et fera bientôt place au dieu de la nuit. En dépit de ses quatorze ans, il est déjà très grand et musclé. Tout dans son allure dégage une force de caractère impressionnante. Bien qu'il affiche des traits encore juvéniles, sa mâchoire carrée et des pommettes saillantes lui donnent un air à la fois séduisant et intimidant. Ses yeux sombres, profonds comme les abysses du Nil, brillent d'un désir ardent de pouvoir. Tarek, debout, tournant le dos aux pyramides, observe Nephthys, sa mère. Son regard trahit sa méfiance et une lutte intérieure qu'il semble avoir du mal à maîtriser.

— Mère, commence-t-il, tu sais que ce trône t'appartient par droit, mais tu dois comprendre que je suis l'héritier. L'homme peut gouverner, pas la femme !

Nephthys, debout avec fierté, ne se laisse pas intimider. Son meilleur ami vient de prendre congé. Elle s'accorde un peu de répit pour réfléchir à la situation. En entendant son fils, elle soupire d'impatience. Elle croise les bras, son regard bleu perçant se posant sur lui.

— Tarek, le pouvoir ne se mesure pas à la force physique ou au genre. Je suis capable de diriger ce royaume, et je ne céderai pas à tes attentes.

Dans le majestueux palais, Tarek, le fils de la reine Nephthys, se tient sur le balcon, contemplant le Nil qui scintille sous le soleil. Au lieu de se laisser emporter par ses ambitions de trône, sa mère aimerait qu'il choisisse de profiter de la vie. Il pourrait rire et s'amuser avec ses amis, explorer les marchés animés de la cité. Nephthys imagine souvent son fils flânant parmi les étals colorés, goûtant des fruits juteux et admirant les artisans au travail. Elle aimerait qu'il croise une jeune fille et qu'ils tombent amoureux l'un de l'autre au

lieu de se concentrer sur la rivalité avec sa mère. Tarek jouissant d'une vie simple, loin des intrigues du pouvoir, constitue le plus grand désir de la reine.

Cependant, la pensée de son héritage le hante terriblement. Le garçon s'avance, ses muscles se tendant sous la pression de ses émotions.

— Tu es ma mère, mais tu es aussi une femme. Les nobles ne te respecteront jamais comme ils respecteraient un homme. Je suis celui qui devrait être sur le trône, pas toi.

Nephthys se rend compte à quel point son fils veut se conformer à la tradition. Une femme Pharaon n'est pas un fait courant en Egypte. Cela va à l'encontre des valeurs ancestrales. La reine en a conscience mais elle ne peut renoncer à ses ambitions.

— Et pourquoi devrais-je te céder ce pouvoir ? rétorque Nephthys, sa voix ferme mais empreinte d'une tristesse sous-jacente. Parce que tu es mon fils ? Cela ne suffit pas. Le trône n'est pas un droit de naissance, c'est un devoir.

Tarek se détourne, frustré, les poings serrés. La colère se lit sur son visage.

— Tu me trahis, Mère. Tu sais que je suis prêt à gouverner. J'ai étudié, je me suis entraîné. Je suis plus que capable de mener notre peuple.

— Tu es trop jeune !

— J'ai quatorze ans ! Je suis en âge de monter sur le trône.

— Et moi, Tarek ? demande-t-elle, sa voix s'adoucissant légèrement. As-tu seulement pris le temps de comprendre mes motivations ? Je ne fais pas cela pour moi, mais pour notre peuple. Je veux un royaume où chacun, homme ou femme, puisse trouver sa place.

Il se retourne brusquement, ses yeux sombres s'embrasant de colère :

— Tu es aveugle à la réalité ! Les traditions sont ancrées dans notre culture. Les gens ne suivront jamais une femme sur le trône d'Egypte.

La tension monte entre eux. Chacun campe sur ses positions. Nephthys reste digne et ne compte pas se laisser déstabiliser par sa progéniture. Elle s'approche, son regard ne quittant pas celui de Tarek :

— C'est précisément ce que je veux changer. Je ne suis pas ici pour me plier aux attentes des autres. Je suis ici pour prouver que le changement est possible.

Tarek, bien que toujours en désaccord, ressent de l'admiration pour sa mère :

— Mais à quel prix, Mère ? Tu es prête à sacrifier notre relation pour un rêve ?

Nephthys hausse les sourcils.

De quoi parle-t-il ?

— Je ne sacrifie rien, Tarek. Je me bats pour un avenir meilleur, même si cela signifie que tu dois apprendre à accepter que le monde évolue.

Un silence pesant s'installe entre eux, chargé de tensions et de non-dits. Tarek, les yeux rivés sur le sol, se rend compte que la lutte pour le pouvoir ne sera pas seulement contre les nobles, mais aussi contre la femme qui lui a donné la vie.

— Je ne renoncerai pas, murmure-t-il finalement, la voix tremblante d'émotion. Je ferai tout pour prouver que je suis l'homme qu'il faut pour ce trône.

Nephthys soupire, le cœur lourd.

— De mon côté, Tarek, je ferai tout pour prouver que je suis le pharaon dont l'Égypte a besoin.

Alors qu'ils se tiennent face à face, chacun déterminé à défendre ses convictions, le vent chaud du désert souffle entre eux, comme un présage des luttes à venir.

Chapitre 3

Dans une salle obscure ornée de riches étoffes et de spectaculaires sculptures, Selene se tient au centre, son regard perçant scrutant les visages des nobles rassemblés autour d'elle. Ses longs cheveux noirs comme l'ébène, nattés à la base tels des cobras venimeux, l'enveloppent comme une protection maléfique. Elle toise l'assemblée de notables du pays qui se languit déjà de son discours. Ses yeux d'un noir profond dévisagent chacun d'entre eux tandis qu'un sourire énigmatique se dessine sur ses lèvres. Ce sourire, bien que séduisant, cache des intentions malveillantes, une ruse qui ne demande qu'à être libérée.

— Mes chers amis, commence-t-elle. La reine Nephthys est une menace pour notre avenir. Elle ne mérite pas le trône de Pharaon !

Les nobles, le visage déformé par la jalousie et l'ambition, hochent la tête, captivés par ses paroles. Un homme répondant au nom d'Asar s'avance et l'observe avec avidité :

— Mais que pouvons-nous faire ? Elle a le soutien du peuple.

Selene s'approche de lui, son sourire s'élargissant. Elle le considère d'un air hautain, le détaillant de la tête au pied comme s'il n'était qu'un vulgaire ver de terre.

— C'est précisément là que réside notre force. Nous pouvons semer le doute dans l'esprit du peuple. Tout réside dans l'art de la persuasion, explique Selene.

Un brouhaha se répand dans la salle. Plusieurs membres de la noblesse ne se satisfont pas de sa réponse.

— Mais encore ? demande l'un d'eux.

Les yeux ténébreux de la prêtresse transpercent l'opportuniste.

— Avec un peu de magie noire, nous pourrons les convaincre que Nephthys est inapte à gouverner.

Des murmures s'en suivent. Les nobles ne connaissent que trop bien les pouvoirs de cette femme. Dans toute l'Egypte, on l'appelle la sorcière. Ils ne sont pas dupes. Elle détient les moyens de faire tomber la reine. Cette prêtresse est dépourvue de scrupule. Par ailleurs, si elle échoue, ils tomberont avec elle pour trahison.

Les nobles échangent des regards inquiets, mais l'excitation de la conspiration commence à les enflammer.

— Qu'as-tu exactement en tête, Selene ? demande une femme.

— Qui es-tu ?

— Je suis Maïra, fille de Sohan, le seigneur du lac.

— Je me souviens de toi, admet la prêtresse.

Selene réfléchit un instant. Elle ne doit pas perdre la face devant tous ces nobles. Ils ont confiance en elle. Si elle trouve les mots justes, ils la suivront aveuglément.

— Écoutez, dit la prêtresse.

Sa voix devient un léger murmure si bien que tous tendent l'oreille. Persuadés d'être dans la

confidence d'un secret inavouable, les nobles attendent religieusement sa confession.

— Je sais comment altérer le comportement de la reine, souffle-t-elle.

— Oh ! s'étonne Asar.

— Imaginez les réactions de la population en constatant que leur reine perd la tête...

— Cesse de nous faire languir, grande prêtresse, implore Maïra.

— Je suis en mesure de provoquer le destin de Nephthys, continue Selene.

— Mais comment ? insiste Asar.

La grande prêtresse lève alors les bras vers le ciel comme pour invoquer les dieux tout puissants. Au loin, le tonnerre gronde. Manifestement, les divinités sont en colère.

— J'ai déjà préparé des potions qui provoqueront chez la reine des visions troublantes. Elle ne pourra pas lutter contre la puissance de la magie. Elle finira par perdre le contrôle et sera discréditée auprès de son peuple.

Les nobles se penchent en avant, à la fois fascinés et dubitatifs.

— Et comment comptes-tu faire cela ? demande un noble encore peu convaincu.

Selene lève une main, révélant un petit flacon contenant un liquide sombre et scintillant.

— Avec ceci, je peux créer des illusions. Je vais les utiliser lors de la prochaine grande fête au palais. Pendant que le peuple célèbrera l'évènement, je ferai en sorte que Nephthys apparaisse sous un jour peu flatteur.

Un murmure d'approbation parcourt la salle.

— C'est brillant, s'exclame Asar. Mais si cela échoue ?

Selene émet un rire sinistre.

— Échouer ? Jamais ! Je ne laisse jamais rien au hasard. Si cela ne fonctionne pas, nous trouverons d'autres moyens. La peur et la discorde sont des alliées puissantes.

Elle se tourne vers eux et les fixe de son regard envoûtant.

— Pensez à ce que nous pourrions accomplir ensemble. Nephthys est trop douce et trop naïve pour gouverner. Elle ne voit pas les dangers qui l'entourent. Nous devons agir avant qu'il ne soit trop tard.

Les nobles, galvanisés par ses mots, commencent à murmurer des promesses de soutien.

— Je ferai tout ce qu'il faut, déclare Asar, son ambition brûlant dans ses yeux. Je ne peux pas laisser une femme faible diriger notre royaume.

Selene esquisse un petit sourire narquois. La situation s'avère prometteuse. Les nobles sont naïfs. Elle n'a eu aucun mal à les rallier à sa cause. A présent, elle sait qu'elle a réussi à enflammer leurs passions.

Je vais pouvoir les manipuler à ma guise, pense-t-elle.

— Alors, unissons nos forces ! Ensemble, nous renverserons Nephthys et prendrons ce qui nous revient de droit.

La toile de la conspiration se tisse autour d'eux, dirigée d'une main de maître par une veuve noire avide de pouvoir. Selene, avec son esprit rusé et sa magie noire, est déterminée à faire tomber la reine, peu importe le prix à payer. Elle a conscience que le jeu est dangereux mais elle est prête à abattre toutes ses cartes pour arriver à ses fins.

Alors que les nobles s'éloignent, des rires étouffés et des promesses de trahison flottent dans l'air, Selene se tient là, le cœur empli de satisfaction. Elle se sent l'âme d'une marionnettiste, et le royaume est son théâtre.

Chapitre 4

Alors que le soleil commence à se coucher derrière les pyramides, baignant le paysage d'une lumière dorée, Nephthys se tient sur la grande esplanade. Elle aime contempler le paysage au crépuscule.

Le palais de la reine impose son architecture magistrale face aux divines pyramides. Ses murs sont tapissés de hiéroglyphes multicolores qui racontent l'histoire de l'Egypte. Les colonnes élancées, sculptées avec soin, soutiennent un toit décoré de motifs célestes, évoquant la beauté des étoiles. À l'intérieur, des salles vastes et lumineuses sont remplies de trésors et d'artefacts, témoignant de la richesse de son règne.

Depuis la terrasse, la reine Nephthys contemple un paysage crépusculaire d'une beauté envoûtante. Le ciel se teinte de nuances de violet et d'orange, tandis que le soleil se couche lentement à l'horizon. Les ombres s'allongent, et la lumière dorée caresse les dunes de sable, créant un tableau vivant. Au loin, le fleuve scintille, reflétant les couleurs du ciel, tandis que les palmiers se balancent doucement dans la brise.

À l'horizon, les pyramides se dressent fièrement, silhouettes emblématiques contre le fond flamboyant du crépuscule. Le soleil couchant, tel un artiste, peint le ciel de teintes ardentes : des rouges profonds, des oranges éclatants et des violets mystérieux se mêlent pour créer un spectacle éblouissant. Les ombres des pyramides s'étirent lentement, accentuant leur grandeur et leur mystère.

— Je ne me lasserai jamais de cette vue, avoue Nephthys.

Seules les statues érigées à la mémoire de ses ancêtres peuvent l'entendre. A cette heure, elle est seule à se promener dans les dédales du palais. Tandis qu'elle fait quelques pas pour mieux admirer les étoiles, les pierres anciennes, baignées dans la lumière dorée, semblent vibrer d'une énergie intemporelle.

Chaque bloc de granit, chaque angle, raconte l'histoire d'une époque révolue, tandis que le vent léger murmure des secrets oubliés. Les pyramides, gardiennes des âges, se dressent majestueusement, défiant le temps et captivant le regard de quiconque les observe. Dans ce moment magique, elles semblent presque vivantes, résonnant avec la beauté du crépuscule qui les enveloppe.

C'est un moment de paix et de réflexion pour la reine. A l'ombre du soleil couchant, elle se connecte à la magie de son royaume.

— Ici, seule face aux éléments, je me sens puissante, murmure-t-elle. Mais qu'en est-il vraiment ?

Elle se bat pour son droit au trône mais elle est souvent en proie au doute.

Soudain, le ciel se teint d'un bleu profond et commence à vibrer. Des éclairs zèbrent l'horizon. Nephthys tend l'oreille. Un grondement sourd retentit dans le lointain. L'espace d'une seconde, elle envisage de courir s'abriter à l'intérieur du palais. Seulement, un spectacle grandiose la retient, lui interdisant tout mouvement.

— Chut…murmure-t-elle à l'attention de son fidèle compagnon.

Hemsut, le jaguar qu'elle a domestiqué et fait ramener d'Amazonie, l'interroge du regard. Tous ses sens sont en alerte. Un seul geste de sa maîtresse et il sera prêt à bondir pour la défendre.

C'est alors que l'improbable se produit. Des portails scintillants s'ouvrent dans le ciel, semblables à des fenêtres vers d'autres mondes. Des éclats de lumière jaillissent, illuminant la scène d'une lueur féerique. Nephthys lève les yeux, à la fois émerveillée et inquiète. Hemsut continue d'émettre des grognements sourds. Il n'a pas dit son dernier mot mais la reine continue de le regarder avec insistance, un doigt posé sur ses lèvres, lui imposant le silence.

Des silhouettes commencent à émerger des portails, flottant doucement vers le sol. D'abord, des elfes aux oreilles pointues apparaissent, leurs traits délicats et leurs yeux brillants d'une sagesse ancestrale. Ils portent des vêtements confectionnés dans des tissus légers de couleurs vives. Leurs bijoux capturent les derniers rayons du soleil. La plupart sont coiffés de cornes et d'écailles de reptiles.

— Hemsut, tu ne bouges pas ! ordonne la reine.

Le jaguar obéit. Ses grands yeux jaunes semblent hypnotisés par les créatures androgynes qui viennent d'apparaître. L'un d'eux, plus féminin que les autres, tout de vert vêtu, s'approche de la reine.

— Nephthys, dit-il d'une voix mélodieuse, nous venons de la galaxie d'Éloria.

La souveraine ne sait que répondre. Hemsut est indéniablement mort de trouille à ses pieds. Il n'a jamais rien vu de tel de toute son existence.

— Nous croyons en ta cause et en ta capacité à apporter la paix à ce royaume, ajoute l'elfe.

Nephthys demeure figée face à cet inconnu venu des cieux. Son corps est immobile mais son esprit est en action.

Serait-il possible qu'ils soient venus pour m'aider, se demande-t-elle.

Derrière les créatures légendaires, des nains robustes font leur apparition, leurs silhouettes trapues et musclées contrastant avec l'élégance des elfes. Ils portent des armures en métal brillant, ornées de runes anciennes, et leurs visages sont marqués par la détermination. L'un d'eux, coiffé d'un chapeau difforme et arborant une longue barbe blanche

frisée, s'approche de Nephthys. Ses petits yeux pétillent de malice.

— Nous sommes les fils du Mont d'Or, déclare-t-il d'une voix enrouée. Nous avons entendu parler de ta lutte et nous sommes ici pour te prêter main-forte.

La scène est saisissante. Une multitude de nains surgit derrière le premier, tous clamant fièrement venir du Mont d'Or. Ils sont de petite taille, mais leur allure est d'une grande diversité. Certains arborent de longues barbes blanches et des chapeaux pointus, tandis que d'autres portent de majestueuses robes colorées, évoquant des magiciens tout droit sortis d'un conte. Parmi eux, un nain se distingue particulièrement. Il a une présence charismatique, un air sage et mystérieux, et il tient un sceptre en bois, qui scintille légèrement à la lumière, comme s'il était imprégné de magie. Ce mage atypique semble prêt à partager sa sagesse et à distribuer la bonne parole.

Nephthys, la reine du palais, observe cette apparition avec des yeux écarquillés, fascinée par la scène qui se déroule devant elle. Elle s'approche de l'assemblée.

— Bienvenue, chers nains du Mont d'Or ! Que faites-vous ici, en ce jour si particulier ? demande la reine avec éloquence.

Le nain qui s'est adressé à elle en premier lors de leur arrivée lui répond :

— Nous venons apporter la lumière et la joie, ô Reine ! Le Mont d'Or est riche en trésors, et nous souhaitons partager notre savoir avec vous.

La reine, bien que surprise par tant d'empathie de la part d'inconnus, exécute une courte révérence en signe de remerciement. Le mage au grand chapeau portant un sceptre en bois s'avance vers elle. Il courbe la tête en signe de profond respect. Il lisse sa longue barbe blanche quelques instants, tout en la dévisageant.

— Je suis ici pour vous transmettre un message, Reine Nephthys, annonce-t-il enfin. La magie du Mont d'Or peut apporter prospérité et harmonie à votre royaume.

— Vraiment ? Que dois-je faire pour bénéficier de votre précieuse magie ?

— Il suffit d'ouvrir votre cœur et d'accueillir notre sagesse, intervient le nain magicien à la longue robe multicolore. Ensemble, nous pouvons réaliser de grandes choses.

— Écoutez bien, Reine Nephthys. La magie réside dans l'unité et la compréhension. Si vous nous permettez de vous guider, votre royaume brillera d'une lumière nouvelle.

Nephthys, touchée par leurs paroles, sourit et répond :

— Je suis prête à écouter et à apprendre. Que la magie du Mont d'Or illumine notre chemin mutuel !

Les nains paraissent ravis de sa réaction et échangent des regards complices. Tous se disent prêts à partager leur savoir et leur magie avec la reine et son royaume.

Chapitre 5

Alors que les elfes et les nains se rassemblent autour d'elle, un rugissement puissant retentit dans l'air. Les cieux s'illuminent d'un éclat flamboyant, et de splendides dragons descendent des portails. Leurs écailles scintillent comme des gemmes sous le soleil couchant, et leurs ailes déployées créent un spectacle à couper le souffle.

Dans un ciel embrasé par les lueurs des volcans, une communauté de dragons majestueux fait son apparition. Ces créatures légendaires, venues d'une autre planète, descendent avec grâce et puissance, leurs

ailes déployées comme des voiles de feu. Chacun d'eux est unique, une œuvre d'art façonnée par les éléments.

Le premier dragon, immense et imposant, arbore des écailles d'un rouge orangé flamboyant, scintillant comme des braises sous le soleil. Son imposante crête d'un vert émeraude lui confère un port altier. Sa silhouette massive évoque la force brute, tandis que ses yeux d'un bleu turquoise profond brillent d'une sagesse infinie. Il se déplace avec une majesté tranquille, chaque battement d'aile soulevant des nuages de cendres.

À ses côtés, un dragon plus petit, mais tout aussi impressionnant, se distingue par ses écailles d'un bleu ténébreux, comme les profondeurs d'un océan en furie. Sa forme élancée et agile lui permet de virevolter avec une légèreté surprenante. Ses mouvements sont rapides et précis, et il émet un doux murmure, comme un chant apaisant au milieu du tumulte.

Un autre dragon, aux écailles vertes et dorées, évoque la nature même du feu et de la terre. Ses cornes en spirale et sa queue ornée de flammes dansent au gré du vent. Il incarne

l'harmonie entre les éléments, et sa présence inspire un respect profond. Son regard est à la fois fier et bienveillant, témoignant de son engagement envers ses alliés.

Les dragons, bien que si différents, partagent une même essence. Ils sont unis dans leur solidarité envers les nains et les elfes. Ils sont leurs alliés dans cette terre de lave et de feu qui est la leur. Ensemble, ils forment un front indéfectible, offrant leur force et leur puissance à la reine Nephthys. Leur courage est sans limite et leur détermination à protéger leur royaume est inébranlable.

Dans leur monde, là où le feu et la lave se mêlent, ces dragons ne sont pas seulement des créatures de légende, mais des gardiens d'un équilibre fragile, prêts à défendre leur terre et leurs amis avec bravoure et loyauté.

Un dragon d'une blancheur immaculée plus grand que tous les autres, se pose avec grâce au pied des pyramides. Nephthys le juge immédiatement superbe et impressionnant. Il possède une apparence unique avec des écailles blanches lisses qui lui donnent une allure presque éthérée. Ses ailes, également blanches, sont translucides et semblent capter la lumière du soleil, ajoutant une touche magique à son apparence.

Sa tête est ornée de magnifiques bois de cervidé, ce qui lui confère un aspect à la fois noble et naturel, comme s'il était une créature ancienne et sage liée à la forêt. Son regard doré est perçant, dégage une intelligence rare. C'est une créature mythique vivant qui semble vivre en harmonie avec son environnement. L'ensemble de la scène diffuse une atmosphère paisible et enchanteresse, comme si ce dragon appartenait à un royaume caché, où la magie et la nature ne font qu'un. La reine en déduit qu'il doit être le sage de la communauté. Dès qu'il se pose devant Nephthys, un silence respectueux s'installe.

Il a l'étoffe d'un roi, pense la souveraine en l'observant.

— Nephthys, déclare-t-il d'une voix caverneuse. Nous sommes les gardiens du feu. Nous venons d'une contrée lointaine meurtrie par les éruptions des volcans. Nous avons vu ta bravoure et nous sommes ici pour t'aider à revendiquer ton trône.

Nephthys est littéralement subjuguée par cette apparition. Les paroles de la créature légendaire lui procurent une sensation de chaleur. Elle a soudain l'impression d'être moins seule face à son destin.

Sabius, le majestueux dragon blanc, se tient devant Nephthys, sa silhouette gigantesque illuminée par les lueurs du ciel en feu. D'une voix profonde, il déclare avec ferveur :

— Nephthys, je te jure ma loyauté et ma fidélité éternelles. Je suis prêt à tout pour t'aider à concrétiser tes rêves et devenir Pharaon. Mon cœur et mon âme appartiennent à ta cause.

Il marque une pause, ses yeux brillants de sagesse et de tristesse, avant de poursuivre :

— Permets-moi de te raconter l'histoire de mon royaume, Ignis, un pays en proie au feu depuis une éternité. Autrefois, un dragon, comme moi, a rompu un pacte avec son souverain, et en conséquence, a été condamné aux flammes éternelles. Pour échapper à cette destinée, il a signé un pacte avec le Mal. Le prix à payer n'en a été que pire. La colère du Mâlin s'est abattue sur Ignis, condamnant notre terre au feu éternel.

Sabius lève ses ailes majestueuses, comme pour embrasser la douleur de son peuple.

— Mon royaume n'est plus qu'un océan de lave et de feu, assailli par des éruptions volcaniques incessantes. Nous avons appris à lancer des flammes pour nous défendre contre les incendies, mais détruire le feu par le feu est une tâche presque impossible. Ainsi, mon peuple souffre, vivant au milieu des flammes de l'enfer, sans répit ni espoir.

Bien que son cœur soit meurtri, Sabius prend sur lui et finit par conclure :

— Mais avec toi à mes côtés, je crois que nous pouvons changer le destin d'Ignis. Ensemble, nous pouvons briser cette malédiction et offrir à nos deux peuples la paix qu'ils méritent. Je suis à tes côtés, Nephthys, pour affronter les ténèbres et restaurer la lumière dans nos royaumes respectifs.

Enfin, Sabius explique qu'ils sont là pour éviter au peuple d'Egypte de périr dans les flammes et subir, lui aussi, la colère du Mâlin. Ils feront tout ce qui est en leur pouvoir pour faire de la reine le plus grand pharaon de tous les temps. Sabius et ses dragons veulent la paix pour le royaume de Nephthys.

Le dragon blanc se penche légèrement vers la souveraine, ses yeux brillants d'une lueur ardente. Peut-être a-t-il senti le doute chez elle car il insiste :

— Les souffrances que nous avons endurées à Ignis nous ont appris l'importance de la paix. Nous ne voulons pas que le même sort s'abatte sur ton royaume. Nous ferons tout ce qui est en notre pouvoir pour t'aider à instaurer un règne de prospérité et de sérénité.

Il termine avec une promesse solennelle :

— Nous serons tes alliés fidèles, et ensemble, nous ferons de ton règne une légende, un phare d'espoir pour tous ceux qui aspirent à la paix.

— Merci, mes amis, répond-elle, sa voix pleine d'émotion. Ensemble, nous allons prouver que la force de notre union est puissante !

Les elfes, les nains et les dragons se rassemblent autour d'elle, formant un cercle de soutien et de solidarité. Les elfes chantent des mélodies envoûtantes, les nains brandissent leurs sceptres avec fierté et les dragons rugissent en signe d'allégeance.

— Nous apporterons la paix et la prospérité en Egypte ! conclue-t-elle.

Hemsut, son fidèle jaguar, se redresse et fixe sa maîtresse de ses grands yeux jaunes. A cet instant, lui aussi ressent de la fierté pour cette femme téméraire et ambitieuse.

Alors que le ciel s'illumine de couleurs éclatantes, Nephthys sait que son destin est désormais entre ses mains, soutenue par des créatures fantastiques venues de galaxies lointaines. Le vent chaud du désert souffle autour d'eux, promesse d'un avenir radieux.

Chapitre 6

Au pied des pyramides, un vent léger souffle, apportant avec lui l'odeur des fleurs du Nil et le murmure des promesses d'un avenir meilleur. Le Sphinx, majestueux et imposant, se dresse fièrement sur le plateau des pyramides, son corps colossal de granit taillé avec une précision incroyable. Ses pattes puissantes, semblables à celles d'un lion, sont ancrées dans le sol, tandis que sa tête humaine, ornée d'un couvre-chef royal, semble scruter l'horizon avec une sagesse millénaire. Le soleil couchant caresse sa surface rugueuse, faisant scintiller les nuances dorées

et brunes de la pierre, tandis que l'ombre des pyramides s'étend comme un voile protecteur autour de lui.

Nephthys, en pleine conversation avec Sabius, frissonne soudain. Elle lève les yeux vers le Sphinx et, dans ce moment suspendu, elle a l'impression que son regard perçant est fixé sur elle. C'est comme si la statue, figée dans le temps, veillait attentivement sur la scène qui se déroule en contrebas. Les traits du Sphinx, bien que marqués par les siècles, semblent vibrer d'une énergie latente, comme s'il était sur le point de s'éveiller d'un profond sommeil.

Pourquoi me regardes-tu ainsi ? pense-t-elle. *Aurais-tu quelque chose à me dire ?*

L'atmosphère est tendue. Nephthys ne peut s'empêcher de penser que cette gigantesque statue pourrait bondir dans leur direction à tout moment, prête à défendre son royaume ou à apporter son soutien. Le Sphinx, gardien des secrets et des mystères de l'Égypte, semble être le témoin silencieux de leur destin, un symbole de force et de protection qui les enveloppe d'une aura de puissance. Dans ce moment, elle se sent à la fois petite et incroyablement connectée à l'histoire de son peuple, comme si le Sphinx lui-même lui offrait sa bénédiction.

— La nuit sera propice à la réflexion, annonce la reine.

Fatiguée par cette incroyable rencontre, Nephthys éprouve maintenant le besoin de se retirer dans ses appartements.

— Vous pouvez disposer du palais comme il vous semble, dit-elle en s'adressant aux créatures féériques.

Leur gratitude est immense. Certains courbent l'échine légèrement pour la remercier de son hospitalité. D'autres refusent catégoriquement et s'éloignent dans le but de passe la nuit dans le désert. La souveraine ne leur en tient pas rigueur.

J'imagine que dormir dans un palais ne doit pas être simple pour un dragon, se dit-elle.

Chacun s'éloigne. Nephthys s'enferme dans sa chambre avec son fidèle Hemsut.

Dans la chambre royale, le lit se dresse comme une œuvre d'art. Il est immense, avec un cadre en bois sculpté, finement orné de motifs égyptiens en or ciselé qui racontent des histoires de dieux et de déesses. Les draps sont d'une douceur incroyable, faits de tissus soyeux qui scintillent à la lueur des torches, dans des teintes de bleu profond et d'or. Les coussins, nombreux et moelleux, invitent à la détente, tandis que des tentures délicates tombent des côtés du lit, créant une atmosphère à la fois intime et royale.

Au bout du lit, Hemsut, son fidèle jaguar, s'étend paresseusement, mais ses yeux brillants trahissent sa vigilance. Il garde un œil sur son environnement, prêt à protéger sa reine à tout moment. La chambre, avec ses sculptures majestueuses et ses objets d'art précieux, respire la richesse et le pouvoir, tout en offrant un refuge paisible à la reine.

La nuit risque d'être longue si le sommeil ne vient pas, pense Nephthys.

Etendue sur son immense lit, son jaguar installé non loin d'elle, la souveraine réfléchit. Si elle devient Pharaon d'Egypte, ce sera sa plus grande fierté. Pour cela, elle doit se débarrasser des obstacles. Les loups envieux grouillent autour d'elle comme des vermines. Son devoir est de s'en protéger et de les éliminer s'il le faut.

Plus tard dans la nuit, sans crier gare, Morphée s'invite à la fête. La reine ne tarde pas à tomber dans un profond sommeil.

Dans le rêve de Nephthys, la forêt est dense, les ombres dansent autour d'elle, et des créatures étranges émergent des buissons. Les bruits de la nature se mêlent aux rugissements des bêtes sauvages. Soudain, des monstres sans têtes surgissent, la poursuivant avec une frénésie terrifiante. Alors qu'elle se sent acculée, une silhouette majestueuse apparaît : Anubis, le dieu de la mort.

— Qui es-tu, créature des ombres ? Pourquoi me poursuis-tu ?

— Je ne suis pas ton ennemi, Nephthys. Je suis Anubis, gardien des âmes et maître des nécropoles. Je viens te révéler des vérités que tu ignores.

— Des vérités ? Que veux-tu dire ? Je suis la reine, je ne crains rien !

La souveraine semble tellement sûre d'elle qu'Anubis ne peut s'empêcher de soupirer.

— La royauté n'est pas toujours un don, mais parfois une malédiction. Je suis ici pour te dire que ta fin approche. Tu ne seras jamais pharaon.

Nephthys est sous le choc.

— Quoi ? Comment oses-tu dire cela ? Je suis destinée à régner !

— Le destin est capricieux, et des forces obscures s'assemblent contre toi. Une personne de ton entourage te trahit, et elle est déterminée à te faire souffrir.

Les lèvres de Nephthys tremblent dans son sommeil.

— Qui est-ce ? Qui me veut du mal ? finit-elle par demander.

— Les ombres cachent des secrets. Les ennemis sont là, tapis dans l'obscurité, prêts à frapper. Tu dois être vigilante, Nephthys. La trahison est souvent la plus douloureuse.

La reine s'agite. Elle tend les bras pour essayer de saisir l'insaisissable. Anubis n'est pas réel et une part d'elle-même le sait. Pourtant, elle réagit comme si le dieu était vivant.

— Je ne laisserai pas cela arriver. Je me battrai pour mon trône, pour mon héritage !

— La lutte est noble, mais parfois, il vaut mieux connaître ses ennemis que de se battre dans l'ignorance. Prépare-toi, car la nuit est encore jeune, et les révélations ne font que commencer.

Dehors, l'orage gronde. Des éclairs zèbrent le ciel. Hemsut commence à s'agiter lui aussi. C'est un peu comme si le rêve de sa maîtresse était communicatif. Ses oreilles pointues détectent des mouvements suspects. Ses naseaux remuent, flairant une présence inconnue.

— Je ferai face à cette vérité, rétorque Nephtys à Anubis. Je ne laisserai pas les ténèbres m'engloutir. Je découvrirai qui me trahit et je me défendrai !

La reine a presque hurlé. Hemsut se redresse brutalement et vient lui lécher l'oreille.

— Que la sagesse guide tes pas, reine. Mais souviens-toi, même les plus puissants peuvent tomber !

Les mots du dieu de la mort tombent comme un couperet. Nephthys est sans voix.

La forêt s'assombrit alors que la silhouette d'Anubis s'efface, laissant Nephthys seule, le cœur lourd de révélations et d'incertitudes.

Chapitre 7

Le lendemain, dès l'aube, Nephthys se rend au temple pour y prier. Lorsqu'elle pénètre dans le lieu sacré, elle ressent une immense quiétude. Les âmes de ses ancêtres sont ici depuis des décennies et protègent chaque fidèle. Le lieu est propice au recueillement. La souveraine y vient souvent pour apaiser ses souffrances morales et pour prendre l'avis des dieux. Le temple est dédié à la déesse Isis, protectrice des mères et des enfants et gardienne de la maison. La déesse est aussi une très grande magicienne. Nephthys affectionne particulièrement Isis car elle est liée à la beauté, à l'amour, la maternité et la fertilité. Elle exprime aussi la puissance divine.

La reine aime à penser que la déesse a tout pouvoir et peut exercer une influence considérable sur les humains.

Le temple égyptien d'Isis se dresse majestueusement sur les rives du Nil, entouré de palmiers et de fleurs colorées. À l'intérieur, l'atmosphère est empreinte de sérénité et de dévotion. Les murs sont ornés de magnifiques reliefs représentant des scènes mythologiques, où l'on voit Isis, la déesse de la maternité et de la magie, entourée de symboles sacrés.

— Comme j'aime cet endroit, murmure Nephthys.

La lumière douce du soleil filtre à travers les colonnes imposantes, créant des ombres fuyantes sur le sol en pierre. Au centre du temple, un autel est décoré d'offrandes de fleurs et d'encens, témoignant de la vénération des fidèles.

L'autel du temple d'Isis est un élément central et sacré. Il est constitué de pierre polie, agrémenté de motifs délicats et de hiéroglyphes qui racontent des histoires de dévotion et de mythologie. Sa surface est recouverte d'offrandes, telles que des fleurs fraîches, des fruits, et des encens, symbolisant la gratitude des pélerins envers la déesse.

Nephthys y dépose quelques fleurs provenant du jardin du palais.

L'autel est surélevé, ce qui lui confère une importance particulière. Il est encerclé d'une multitude de lampes à huile qui diffusent une lumière douce et chaleureuse. À son sommet, les représentations d'Isis affluent, créant un espace de connexion entre le monde terrestre et le divin.

La souveraine respire l'encens qui s'échappe de part et d'autre. L'atmosphère qui entoure l'autel est empreinte de sérénité et de respect, invitant à la prière et la méditation. C'est un lieu où la spiritualité prend vie, où chaque offrande est un acte de foi et de dévotion.

La reine Nephthys, vêtue d'une robe élégante et parée de ces plus beaux atours, pénètre dans ce sanctuaire avec une profonde humilité. Elle s'approche de l'autel, ferme les yeux et se recueille en silence, cherchant la paix et la guidance de la déesse.

Le murmure de l'eau provenant d'une petite fontaine ajoute une dimension apaisante à cet espace sacré, tandis que le parfum de l'encens embaume l'air, enveloppant Nephthys dans une atmosphère de spiritualité. C'est un lieu où le divin et l'humain se rencontrent, un refuge pour ceux qui cherchent réconfort et inspiration.

— Reine Nephthys ! On vous demande au palais ! annonce une voix juste derrière elle.

Le messager explique que les dragons veulent s'entretenir avec elle.

— Votre présence est nécessaire, Majesté. Ils vous attendent sur la grande terrasse.

D'un simple geste, elle congédie le jeune garçon et termine sa prière. Ils peuvent attendre quelques temps. Isis pourrait lui être d'un grand secours. Elle ne doit donc pas négliger sa déesse préférée.

Un peu plus tard, Nephthys fait face à ses nouveaux amis venus d'ailleurs. Elle se tient au centre d'un cercle formé par ses nouveaux alliés, les elfes, les nains et les dragons. L'atmosphère est chargée d'électricité. La reine devine leur impatience.

— Bienvenue dans ma demeure, déclare-t-elle en écartant les mains en signe de paix.

Ils sont tous là. Aucun ne manque à l'appel. Ils ont tenu leur promesse. Nephthys se satisfait intérieurement de leur fidélité.

En premier lieu, elle remarque les elfes. Avec leur agilité gracicuse, ils se déplacent comme des ombres dans la lumière dorée du

crépuscule. Leurs cheveux, d'une variété de teintes allant du blond argenté au brun profond, flottent autour d'eux comme des filaments d'or. Leurs yeux, brillants comme des étoiles, reflètent leur sagesse légendaire et une magie innée. L'un d'eux, un elfe nommé Elione, s'avance, ses mouvements fluides et élégants.

— Nephthys, dit-il d'une voix douce et mélodieuse. Je m'appelle Elione. Nous avons vu ta détermination et elle nous a convaincus. Avec notre magie, nous pouvons t'aider à rallier ton peuple à ta cause.

Le jeune elfe tient un jeune dragon dans ses bras. Tous deux sont en harmonie totale. Leurs couleurs se mélangent avec merveille. Bien que très différents, ils se ressemblent. Le spectacle est étonnant.

Nephthys sourit, reconnaissant la force et la beauté de ses alliés.

— Je suis honorée de vous avoir à mes côtés, Elione. Votre agilité et votre magie seront des atouts précieux dans cette lutte.

Derrière eux, les nains se tiennent fièrement, leurs silhouettes robustes contrastant avec la légèreté des elfes. Ils portent des armures en métal forgé, ornées de motifs complexes qui

racontent des histoires de bravoure et de loyauté. Leurs visages sont marqués par le temps et leurs yeux brillent d'une ferveur guerrière. Un nain au visage buriné, nommé Thorik, brandit son baton avec fierté.

— Nous sommes prêts à défendre notre reine, déclare-t-il. Aucun ennemi ne pourra nous faire reculer.

— Votre bravoure est admirable, Thorik, répond Nephthys, son cœur se gonflant de gratitude.

Le nain se tient là, imposant malgré sa petite taille, avec un visage anguleux et sombre qui semble raconter des histoires de souffrance et de sagesse. Ses cheveux blancs, en désordre, et sa longue barbe hirsute ajoutent à son allure de sage déchu. Il porte un vieux chapeau élimé, dont les bords sont usés. Ses vêtements en haillons témoignent d'une vie de luttes et de désillusions.

Son regard, à la fois sévère et empreint de tristesse, semble peser sur le monde. On peut presque sentir la misère qu'il porte sur ses épaules, comme un fardeau dont il ne peut se défaire. Les murmures bourdonnent derrière lui, des voix chuchotant des rumeurs et l'appelant le mage déchu. Aux oreilles de Nephthys, un tel titre résonne avec tristesse.

Soudain, il brandit une boule illuminée, émettant une lueur mystérieuse, qu'il prétend être magique. Il avertit Nephthys, lui révélant qu'un danger imminent la guette :

— Quelqu'un de ton entourage, un traître, cherche à te nuire ! déclare-t-il. Ta vie est en péril.

Nephthys, troublée, se remémore son rêve de la nuit précédente. Le dieu Anubis l'a mise en garde lui aussi, révélant que des forces obscures complotent pour l'empêcher de réaliser son destin de pharaon. Considérant le nain de plus près, la reine constate qu'avec sa sagesse et son air désespéré, il semble être le seul à comprendre l'ampleur de la menace qui pèse sur elle.

Au même instant, dissimulée derrière un pilier, une ombre guette et observe la scène avec un grand intérêt.

Elle va finir par se douter de quelque chose, pense l'ombre funeste.

Hemsut, assis près de sa maîtresse, flaire une présence. Il grogne doucement tout en remuant la queue. Le jaguar n'est pas le seul à réagir. L'un des dragons s'avance lentement

en direction du pilier. Thorik, plus rapide que l'éclair malgré son âge avancé, se précipite lui aussi. Au même instant, une nuée de scarabées dégringolent des murs et chargent dans leur direction. Nephthys a juste le temps d'apercevoir une mince silhouette s'enfuir à contresens.

La scène est chaotique et troublante. Des centaines de scarabées, noirs et brillants, envahissent la terrasse du temple, se déplaçant en une masse grouillante et désordonnée. Leurs petites pinces s'agitent, prêtes à attaquer tout ce qui se trouve à leur portée, comme si un instinct collectif les poussait à accomplir une mission sinistre : blesser la reine Nephthys.

Hemsut, le jaguar domestiqué de la reine, se jette dans la mêlée, ses griffes acérées cherchant à intercepter ces insectes voraces. Il bondit avec agilité, mais les scarabées semblent inépuisables, continuant leur avancée implacable.

De l'autre côté, Thorik, le nain magicien, s'efforce de canaliser sa magie pour stopper cette invasion. Ses incantations résonnent dans l'air, mais le désordre ambiant rend ses efforts difficiles. Elione, l'elfe portant l'enfant dragon, se bat également pour protéger la reine, se plaçant entre elle et les scarabées, déterminée à défendre la souveraine.

Quant à Sabius, le dragon blanc, il utilise sa sagesse et sa ruse pour tenter de détourner l'attention des insectes. Il souffle des flammes, mais à sa grande consternation, les scarabées semblent résister au feu, comme s'ils étaient sous l'emprise d'un puissant enchantement.

Dans ce tumulte, Thorik ordonne à Nephthys de fuir, conscient du danger imminent. Il est convaincu que ces créatures obéissent à une force maléfique, une main invisible qui tire les ficelles de cette attaque. La silhouette aperçue derrière le pilier, mystérieuse et menaçante, ne fait que renforcer ses convictions.

Sabius, avec toute la sagesse qu'il peut rassembler, confie à la reine qu'elle est la cible d'une malédiction. Le danger est clair :

— Quelqu'un veut ta mort, Nephthys !

Le temps presse. La situation est désespérée, mais l'espoir demeure tant que la reine et ses alliés luttent ensemble contre cette menace.

Le dragon blanc insiste auprès de la reine. Les scarabées grouillent autour d'eux, mais il reste concentré sur Nephthys :

— Reine Nephthys, il est impératif que tu t'éloignes de cette terrasse. Ces créatures ne cherchent qu'à te nuire.

— La déesse Isis me protège. De plus, je ne peux pas fuir alors que mon peuple a besoin de moi !

— Ta sécurité est primordiale. Si tu tombes, qui défendra ton royaume ? Mes présomptions se confirment, déclare Sabius.

La souveraine reste muette. Elle aussi a des soupçons.

— Je crains que ce soit l'œuvre d'un ennemi caché. La silhouette dissimulée derrière le pilier n'est pas anodine. Ne laisse pas ta bravoure t'aveugler. Il faut fuir !

De son côté, Thorik, le nain magicien, lutte contre les scarabées. Sa petite taille ne l'empêche pas de combattre vaillamment.

— Nephthys ! hurle-t-il. Écoute-moi ! Ces insectes sont sous l'emprise d'une magie noire. Je fais de mon mieux pour les arrêter, mais je crains que cela ne suffise pas.

— Thorik, je ne peux pas fuir alors que vous êtes ici en danger. Je ne laisserai pas mes alliés se battre seuls.

— Ta bravoure est admirable, mais elle pourrait te coûter la vie ! Si je ne parviens pas

à briser ce sort, tu devras fuir. C'est un ordre !

La souveraine est suffoquée.

Un ordre ? Et puis quoi encore ? Il me semble qu'on oublie que je suis la reine ici.

Thorik sait qu'il a manqué de tact mais c'est son côté bourru. Il se sent tellement concerné par le sort de la reine qu'il en oublie les convenances.

— Chaque incantation que je prononce est une chance de te sauver, ajoute-t-il. Ta présence me distrait…

Oh ! Je le distrait, à présent, ironise Nephthys. *Ce nain ne manque pas de toupet.*

Alors que personne n'y croit plus, un évènement inattendu se produit. Sous le soleil ardent, un scarabée géant fait son apparition. Sa carapace, ornée de pierres précieuses scintillantes, capte la lumière et crée un spectacle éblouissant. Il se dresse tel un roi sur son trône, dégageant une puissance phénoménale. De toute évidence, il tient les commandes. L'armée de scarabées, auparavant en pleine bataille, se fige à la vue de ce chef inattendu. Leurs gestes si précis se transforment brusquement en une danse chaotique. À peine le géant esquisse-t-il un geste que tous sont dans l'expectative. Un frisson parcourt les rangs des petits scarabées, et dans un instant de panique, ils se disloquent, comme si une force invisible les avait frappés.

Les cris de guerre se transforment en un silence assourdissant, alors que l'armée, qui luttait avec ardeur, est réduite en poussière. Les éclats de lumière des pierres précieuses du géant contrastent avec la sombre réalité de la défaite. Ce spectacle tragique, où la bravoure se heurte à une puissance écrasante, laisse une empreinte indélébile dans l'air, comme un écho d'une bataille qui n'a jamais vraiment eu lieu.

Nephthys est sous le choc. Est-ce l'œuvre d'une divinité ?

Isis m'a entendu, c'est certain, se dit la reine.

— Que pensez-vous de la puissance de mes incantations ? demande alors Thorik avec malice.

La souveraine a du mal à se retenir de rire. Ce nain n'en perd pas une. En même temps, elle doit bien avouer qu'il a peut-être raison.

— La déesse Isis est très puissante, le sais-tu ? Elle a pour habitude d'écouter les prières et d'apporter sa protection. Qu'en penses-tu, Thorik ?

La reine lui adresse un clin d'œil complice. Le nain n'est pas dénué d'humour car il hausse les sourcils en regardant le ciel.

Quelle impertinente, cette reine, pense-t-il. *Mais j'avoue que je l'aime bien.*

Chapitre 8

Le scarabée géant a disparu. Sabius a fini par le faire fuir à force de jouer au lance-flamme avec lui. Le soleil est maintenant au zénith et Nephthys sent ses brûlures sur sa peau.

— Je vais me reposer à l'intérieur un moment, annonce-t-elle.

Nul n'est surpris. La reine a fait preuve de courage et les évènements ont suscité chez elle de l'anxiété.

— Puis-je t'accompagner ? demande Elione.

— Avec grand plaisir, répond aussitôt Nephthys. Nous pourrons ainsi échanger tranquillement.

La reine entraine son fidèle Hemsut à sa suite. Le jaguar semble s'être pris d'affection

pour le jeune elfe et le suit des yeux avec intérêt. Elione n'a pas lâché le jeune dragon et c'est peut-être ça qui plait à Hemsut.

— Allons au salon, propose Nephthys.

Le salon du palais est de la plus grande élégance. Il semble avoir été bâti à l'image de la souveraine. Les murs sont décorés de fresques délicates et de gravures dorées. La lumière douce filtre à travers de larges ouvertures, illuminant l'espace d'une lueur chaleureuse. Elione s'installe dans un confortable sofa, ses courbes accueillantes invitant à la détente. Elle s'enfonce dans les coussins moelleux, un soupir de contentement échappant de ses lèvres. Son petit dragon se blottit contre elle, le museau dissimulé dans les tissus soyeux.

Non loin, Nephthys s'allonge sur un lit en demi-lune, un véritable havre de paix. Les coussins en soie, aux couleurs riches et variées, l'entourent comme un cocon, lui offrant un confort inégalé. Elle ferme les yeux, profitant de ce moment de sérénité.

Helmut, quant à lui, se contente de s'étendre près de la grande ouverture qui mène au couloir. Sa posture est vigilante, son regard scrutant l'extérieur avec une attention soutenue. Par nature, il reste méfiant, conscient que le danger peut surgir à tout moment. Son instinct lui dicte de ne pas relâcher son attention, et il sait qu'il doit être là pour sa maîtresse, prêt à intervenir si nécessaire.

Elione se sent en confiance avec la reine. Elle se détend et finit par lui faire des confidences.

— Thorik a peut-être fait une découverte essentielle. Il a lu des présages dans sa boule de cristal magique, explique l'elfe. Selon lui, il est fort probable qu'il n'y ait pas qu'un seul prédateur.

Nephthys écoute très attentivement.

— La mystérieuse silhouette aperçue sur la terrasse le matin même n'est sans doute pas seule, ajoute Elione. Elle doit opérer avec un complice.

En entendant cette nouvelle, Nephthys tressaillit et pense à son fils. Tarek convoite le trône de Pharaon. Il est fort possible qu'il se soit ligué contre sa propre mère. Pour la reine, ce serait une terrible trahison. Etre menacée par sa propre progéniture est extrêmement déstabilisant pour elle. Nephthys est accablée. Toutes ces nouvelles sont très pénibles mais elle reste lucide.

La reine préfère garder le silence. C'est une situation troublante. La confiance qu'Elione a placée en la reine est précieuse, surtout dans un moment aussi délicat. Les révélations de Thorik ajoutent une couche de tension, car l'idée qu'il pourrait y avoir plusieurs prédateurs, et potentiellement un complot impliquant son propre fils, est profondément inquiétante.

— Tout va bien, Majesté ? s'inquiète Elione.

Nephthys fait signe que oui. Cependant, elle doit naviguer entre ses émotions de mère et ses responsabilités de reine. La trahison d'un enfant est une des épreuves les plus difficiles à affronter.

— Que se passe-t-il, Hemsut ?

Le jaguar s'est redressé d'un bond et scrute l'extérieur. Rien ne bouge.

— Ce n'est que moi, ma reine, annonce une voix féminine.

Une femme de grande taille et très élancée vient de faire irruption dans le grand salon. Son élégance n'a d'égale que sa beauté. Les étoffes de sa robe sont d'une qualité sans pareil et ses bijoux sont somptueux.

— Elione, je vous présente ma belle-mère, Anosis.

La femme se contente de déposer un plateau rempli de victuailles sur le sol et s'éloigne aussitôt. L'elfe parait surpris de cette visite éclair.

— Anosis est quelque peu insociable. Elle déteste les mondanités et les conversations futiles.

— Oh !

— Je suis désolée. Elle parle d'autant moins que son fils nous a quittés pour le royaume des ombres. Anonis n'a jamais accepté sa mort. Je crois aussi qu'elle m'en tient pour responsable.

— L'es-tu ? demande simplement Elione.

— Bien sûr que non ! rétorque Nephthys. Pourquoi le serais-je ? Il était mon époux, ajoute-telle avec tristesse.

La nourriture est appétissante et fait très envie au petit dragon. L'elfe lui interdit cependant. Frustré, il tente de se rendormir. Nephthys propose à Elione de se servir mais elle décline. La reine tend alors la main vers un calice rempli de vin et le porte à ses lèvres.

— Un vrai délice, avoue-t-elle. Tu devrais goûter.

Mais le plaisir s'arrête là. Brusquement, la reine lâche sa coupe qui s'échoue sur le sol avec fracas. Portant la main à son front, elle se renverse sur sa couche et émet de petits gémissements.

— Je ne me sens pas bien, confie-t-elle.

L'elfe s'approche et constate la pâleur de son visage. Des gouttes de sueur perlent sur son front.

— Je vais chercher du secours, déclare Elione immédiatement.

Nephthys tremble de tous ses membres, son corps secoué par des soubresauts incontrôlables. Elione revient, accompagnée de Thorik, le nain magicien. Leurs visages sont graves, et le diagnostic qu'ils prononcent est sans appel : la reine a été empoisonnée.

Dans un coin, le calice de vin, autrefois symbole de festin et de joie, devient le témoin silencieux d'un acte malveillant. Le venin, peut-être celui d'un scorpion, s'infiltre dans les veines de Nephthys, la plongeant dans une fièvre intense. Ses yeux se révulsent, perdus entre l'ombre et la lumière, tandis qu'une chaleur insupportable l'envahit, la submergeant dans un océan de souffrance.

— Je vais m'occuper de toi, murmure le nain.

Thorik, concentré, commence alors ses incantations. Ses mots sont incompréhensibles et sa magie vibre dans l'air lourd de tension. Durant de longues heures, il tente de conjurer le mauvais sort, mais la fièvre de Nephthys ne diminue pas. Elle se met à délirer, ses pensées s'échappant comme des bulles de savon, flottant entre rêves et réalités. Les visions se mêlent à la douleur, et la reine, dans son état fiévreux, navigue dans un monde où le réel et l'imaginaire s'entrelacent, perdue dans un tourbillon d'angoisse et d'espoir.

— Cela va prendre du temps, explique Thorik. C'est un poison très violent.

La reine ne l'entend plus. Elle vient de sombrer dans l'inconscience. A son chevet, Hemsut gémit de douleur.

— Je vais la veiller avec toi, déclare Elione.

Commence alors une nuit sans fin. Tandis que le nain magicien tente de la sauver des griffes du Mâlin, Nephthys est en proie à d'horribles cauchemars.

Dans les cauchemars de la souveraine, l'obscurité s'installe lentement, enveloppant son esprit d'une terreur incontrôlable. Elle se retrouve dans un désert aride où le soleil

ardent brûle sa peau. Paradoxalement, un froid glacial s'installe autour d'elle, la faisant grelotter. Ce contraste saisissant crée une atmosphère d'angoisse, où chaque souffle semble être un défi à sa résistance.

Soudain, le cauchemar s'épaissit. Les pyramides se dressent comme des ombres menaçantes, témoins silencieux de son désespoir. Le ciel s'assombrit, des éclairs zèbrent l'horizon, et le tonnerre gronde, résonnant comme un avertissement sinistre. C'est alors qu'Anubis, le dieu des morts, apparaît, sa silhouette majestueuse mais terrifiante se découpant dans la tempête. Il s'approche d'elle, ses yeux perçants remplis d'une menace sourde, lui rappelant son pouvoir sur la vie et la mort.

— Cède ton trône, ou fais face à la colère des défunts ! ordonne le dieu des morts et des nécropoles avec sévérité.

Le supplice est à son comble lorsqu'une sorcière, coiffée d'un immense chapeau et drapée dans des voiles sombres, surgit au milieu des dunes. Elle lève les bras vers le ciel, proférant des sortilèges qui flottent dans l'air comme des murmures malveillants. Son rire résonne, écho d'un maléfice ancestral

et cruel, tandis qu'elle semble se nourrir de la peur de Nephthys. Avide de pouvoir, la sorcière menace de détruire tout ce que la reine a construit.

— Elle est en proie à de terribles cauchemars, confie Elione en serrant fort son petit dragon contre elle.

L'elfe est même loin de la réalité car Nephthys est la victime de visions innommables. Entourée de monstres assoiffés de vengeance, Nephthys se sent acculée. Leurs visages déformés par la rage et la jalousie, ils lui demandent de céder son trône. Leurs voix rauques et ténébreuses forment un chœur de désespoir et de colère. Chaque créature semble incarner une partie de ses propres peurs. Ces figures pernicieuses incarnent les échos de ses doutes et de ses faiblesses. Dans ce tourbillon de terreur, Nephthys se débat, cherchant une issue, mais chaque mouvement semble la plonger plus profondément dans l'horreur de son cauchemar.

— Des visions cauchemardesques hantent Nephthys ! Le venin fait son œuvre, hélas, déclare Thorik.

Le nain magicien ne se trompe pas. Les images qui l'assaillent sont un mélange de menaces divines, de magie noire et de créatures vengeresses qui la maintiennent dans un état de frayeur constante.

— Pauvre reine, murmure Elione. Le trône qu'elle occupe devient à la fois un symbole de pouvoir et une source de tourments.

Pendant ce temps, tapie dans l'ombre, une fine silhouette s'est recroquevillée comme un prédateur aux aguets derrière l'un des piliers du grand salon. Elle attend son heure. Tous ses sens sont en alerte. L'endroit est cependant presque désert. Un silence glacial règne dans l'édifice imposant. Elle n'ose à peine respirer, tant l'instant est crucial. L'objet délicat qu'elle tient dans la main est vide à présent. Elle est passée à l'acte. Le venin a amorcé sa progression. Il n'y a plus qu'à attendre. Elle est consciente de son sursis. Démasquée, elle devra fuir et son plan sera irrémédiablement maudit pour l'éternité.

L'ombre funeste patiente. Toute erreur serait inacceptable et conduirait à sa perte...

Chapitre 9

Cela fait plusieurs jours maintenant que Nephthys se bat contre le poison qui coule dans ses veines. Elle n'a pas repris conscience. Son corps est constamment agité et son esprit tourmenté par d'insupportables cauchemars. La communauté des dragons s'inquiète sérieusement. Thorik, le nain magicien, devrait déjà avoir vaincu le venin du scorpion.

— Si on avait fait fausse route ? demande Sabius.

— Que veux-tu dire ?

— Peut-être n'a-t-elle pas été mordue par un scorpion...

— Par quoi, sinon ? insiste l'un des dragons.

— Si c'était un serpent ?

— C'est possible, oui.

— Du venin de serpent ! Oui, c'est ça. Pourquoi n'y ai-je pas pensé avant ? s'exclame Sabius.

Le dragon blanc se dirige alors vers l'entrée du palais. Il doit prévenir Thorik.

Le venin qui coule dans les veines de la reine Nephthys est en fait celui d'un cobra. Sabius l'explique à Thorik, et cette révélation change tout. Jusqu'à présent, les incantations du nain visaient un potentiel scorpion, mais maintenant, la situation prend une nouvelle tournure.

— Si c'est un cobra, elle devrait être au royaume des morts à l'heure qu'il est...remarque Thorik. Il doit y avoir autre chose...

— Nous devons agir en conséquence, ordonne Sabius.

Soudain, la reine reprend conscience, peut-être a-t-elle entendu leur conversation à travers son rêve. Dans son délire de paroles, Sabius perçoit un nom : Bastet.

— Qui est Bastet ? demande Sabius.

— Bastet est une déesse égyptienne avec un corps de femme et une tête de chat, répond immédiatement Thorik.

Décidément, ce nain est un érudit, pense le dragon blanc.

— Elle est la fille de Râ, le dieu du soleil, et elle est connue pour avoir détruit le serpent Apophis.

— Ah !

Sabius est impressionné par la culture de son ami le nain magicien.

Dans sa torpeur, Nephthys parvient à leur expliquer que Bastet détient le pouvoir magique de l'amour et qu'elle peut tuer le serpent.

— Il faut... appeler la déesse... murmure Nephthys.

Thorik comprend alors qu'il va pouvoir soigner la reine en invoquant la déesse Bastet. Elle seule pourra détruire le venin du serpent qui tue Nephthys lentement.

— Oui, mais comment fait-on pour entrer en contact avec la déesse Bastet ? implore Thorik.

Le dragon blanc et le nain se tournent vers la reine, espérant une réponse.

Nephthys ouvre les yeux avec difficulté et désigne un papyrus accroché dans le salon.

— Bastet sait à présent ! Elle va venir, dit-elle simplement.

Le plus incroyable des phénomènes se produit alors. La reine avait raison d'être confiante. Dans une nuée de scarabées dorés, la déesse Bastet apparait dans toute sa splendeur. Sabius n'en croit pas ses yeux.

La déesse Bastet, avec sa tête de chat délicatement sculptée, incarne une beauté à la fois mystérieuse et majestueuse. Son visage, aux traits fins et harmonieux, dégage une douceur apaisante, tandis que ses yeux, semblables à ceux d'un félin, brillent d'une lueur vive et malicieuse. En la voyant, Humset dresse les oreilles. Lui aussi est suffoqué.

Gracieuse et svelte, la déesse est enveloppée dans des drapés de tissus légers qui flottent autour d'elle, accentuant son élégance naturelle. Les bijoux qui ornent son cou et ses poignets scintillent comme des étoiles, ajoutant une touche de féérie à sa présence divine. Bastet dégage une aura de sérénité et de protection, évoquant à la fois l'amour maternel et la puissance guerrière. Elle a été capable de vaincre le serpent Apophis avec une détermination inébranlable. Sa démarche est fluide et légère, rappelant celle d'un chat en chasse, et chaque mouvement qu'elle effectue semble être une danse gracieuse, captivant Sabius et Thorik.

Bastet est l'incarnation de la beauté, de la féérie et de l'élégance, se dit Sabius. *Voilà une déesse qui inspire respect et admiration.*

— Vous devez lui faire une prière, ordonne Nephthys.

— Mais on ne connait pas de prière ! réplique Sabius, interloqué.

— Vous n'avez qu'à lire, murmure la reine dans un souffle.

Elle leur désigne le papyrus sur lequel est gravée la prière à Bastet.

La scène qui suit est assez incroyable. Le grand dragon blanc et le nain magicien entonnent d'une même voix l'ode à la déesse. Elione ne peut se retenir de sourire.

— Ô Bastet, chatte aimée, maîtresse du bonheur et de la générosité, fille du Dieu soleil, détruit le mal qui afflige nos esprits pendant que tu combats le serpent Apep. Avec ta ruse légendaire, prévient nous des mouvements de toutes les cruautés perpétrées et retient les en protégeant tes enfants, les enfants de la lumière.

Thorik et Sabius échangent un regard de fierté. Ce n'est pas tous les jours qu'on lit une prière à une déesse.

Il s'en suit un moment fascinant qui évoque une rencontre mystique entre la déesse Bastet et la reine Nephthys. La manière dont les soins divins sont prodigués, sans contact physique, souligne la puissance et la magie qui émanent de la déesse. On peut presque ressentir l'énergie qui circule entre elles, apportant réconfort et force à la reine. La transformation de Nephthys, qui retrouve des couleurs et se redresse, témoigne de l'impact de cette intervention divine. Sabius est admiratif devant cette interaction extraordinaire entre le mortel et le divin. Humset lèche affectueusement les mains de sa maîtresse revenue à la vie.

— Tu es vivante, très chère reine ! s'exclame Thorik en se précipitant vers Nephthys.

— Toute la communauté se réjouit de ton retour parmi nous, déclare Sabius avec fierté.

— Vous aurais-je manqué ? demande Nephthys avec malice.

Elle tente de se lever mais ses forces sont encore faibles. L'instant d'avant, elle était presque sans vie.

— Il va falloir vous reposer, dit Elione doucement.

— Nous allons prendre congé et reviendront plus tard, annonce Thorik.

— Je resterai devant l'entrée pour empêcher toute intrusion, déclare Sabius.

— Mais… tente de répondre Nephthys.

— Ce n'est pas négociable, ajoute le dragon blanc.

La reine obtempère. Le défunt pharaon ailé veille sur elle. Et puis, de toute façon, l'énergie lui manque encore. Il fait nuit noire dehors. Elle y verra plus clair à l'aube.

Tandis que Nephthys s'assoupit doucement, l'ombre guette. Elle est verte de rage car son plan a échoué. Rampant comme une couleuvre, elle se faufile entre les piliers pour gagner la cour du palais. Son poing refermé avec force sur la fiole désormais inutile, elle maudit la déesse Bastet pour avoir sauvé la souveraine. Mais a-t-elle réellement les moyens de s'offrir ce luxe malsain ?

Dans le silence nocturne, une corneille ricane…

Chapitre 10

Le soleil se lève à peine lorsque Nephthys sort sur la grande terrasse le lendemain matin. Etonnamment, un calme inhabituel règne sur le lieu.

Où sont-ils tous passés ? se demande la souveraine.

Seule avec son fidèle jaguar Hemsut, elle décide de faire quelques pas dans les jardins du palais. A cette heure, personne ne viendra l'y déranger.

Je vais pouvoir méditer un peu, pense-t-elle.

Au moment où la reine se dirige d'un pas lent vers les jardins, elle perçoit des bruits étranges. Cela ressemble à des murmures, comme si le vent lui chuchotait des secrets. Elle croit aussi entendre des bourdonnements d'insectes, mais elle décide de ne pas y prêter davantage attention. Peut-être a-t-elle rêvé.

Une fois dans le parc floral, son anxiété latente fait place à l'émerveillement. Cela fait longtemps qu'elle n'y est pas entrée. Le jardin est éblouissant de beauté, un véritable régal pour les yeux. Des centaines de fleurs éclosent sous le soleil éclatant : du jasmin, des anémones, des coquelicots, des roses de toutes les couleurs, de la mandragore, des marguerites et encore des chrysanthèmes fleurissent partout. Au beau milieu, le bassin des nénuphars parfume l'air de ses senteurs délicates.

— Que c'est beau, murmure Nephthys. J'ai bien fait de venir.

Les arbres et arbustes sont tout aussi merveilleux. Elle évolue tranquillement entre les palmiers, les papyrus, les jacinthes d'eau et la lavande. Le parfum du jardin est enivrant, les douces fragrances lui chatouillent les narines. La reine ressent une irrésistible envie de danser. Elle se laisse emporter par la magie du moment, tournoyant au milieu des fleurs, son cœur léger et son esprit libre.

— Te sens-tu seule à ce point pour te promener dans le jardin à cette heure matinale ?

Nephthys fait volte-face. Elle a très bien reconnu la voix.

— Selene ! Que fais-tu ici ? Ne devrais-tu pas être au temple ?

La prêtresse la toise d'un air dédaigneux. Comme toujours, ses longs cheveux noirs comme l'ébène, nattés tels des cobras venimeux, l'enveloppent comme une protection maléfique. Elle fixe Nephthys de ses immenses yeux sombres.

— J'en viens, répond-t-elle simplement.

— Alors, retournes-y ! ordonne la reine d'un ton péremptoire.

Les deux femmes se détestent depuis la nuit des temps. Selene a toujours éprouvé de la jalousie envers elle. Leur père, le grand Pharaon, chérissait Nephthys mais se méfiait constamment de Selene. Cela avait rapidement généré des tensions.

— Pour une sœur, tu n'es guère aimable, dis-donc !

— Nous ne sommes soeurs en aucune façon ! rétorque la reine. Passe ton chemin, à présent ! J'ai à faire.

La prêtresse ne souhaite pas en rester là. Elle se sent humiliée et refuse d'obtempérer. Alors que Nephthys se retourne pour reprendre sa promenade, Selene l'attrape brutalement par le bras et la secoue violemment. Ses traits transpirent la colère.

— Arrête, s'il te plait ! Tu me fais mal ! s'écrie Nephthys.

— Tu n'as que ce que tu mérites ! hurle Selene. Je vais te...

— Vous allez quoi ? demande alors une voix rauque tout en la repoussant.

Sabius. Dieu merci, pense la reine.

La prêtresse manque de vaciller. Ce n'est pas tous les jours que l'on croise un dragon blanc ailé dans les allées du jardin. Elle est réellement terrifiée par cette créature légendaire. Elle n'a jamais rien vu de tel de toute son existence. La bête, avec ses écailles scintillantes et ses yeux perçants, lui semble monstrueuse. Chaque battement d'aile résonne comme un tonnerre dans son cœur, et elle sent la peur l'envahir.

Sabius se fâche :

— Je vous interdis d'approcher la reine désormais !

Désemparée, Selene quitte le jardin du palais, ses pas précipités crissant sur les graviers. Elle s'enfuit en direction du temple, cherchant refuge dans la sérénité des lieux sacrés. Les murs de pierre, empreints de sagesse, semblent l'appeler. Elle espère y trouver la paix, loin de la terreur que le dragon a semée dans son esprit.

— Bon débarras, avoue le dragon blanc.

— Merci Sabius, dit simplement la reine en souriant timidement. Je crois bien que tu m'as évité le pire.

Le dragon hausse les sourcils.

— Tout me laisse penser que cette femme veut ta perte, Nephthys.

— Nous avons le même père, confie la reine.

— J'ai cru comprendre, en effet. Mais vous n'avez rien en commun à part cela. Cette femme est cruelle. Je le sens.

Nephthys acquiesce. Selene l'a toujours détestée. Petite fille, elle s'arrangeait toujours pour la faire punir. Sa mère lui disait que c'était de la pure jalousie. Au fil des années, s'en était devenu maladif.

— La crois-tu capable de vouloir te tuer pour t'empêcher de monter sur le trône d'Egypte ? ose demander Sabius.

Un long silence s'en suit. Elle a souvent douté de Selene mais de là à imaginer qu'elle puisse l'empoisonner...

— Je ne sais pas, Sabius. Cela demande réflexion.

Nephthys n'a plus très envie de contempler le jardin. Elle préfère rentrer à présent. Même si son ami le dragon blanc est là, elle ne s'y sent plus en sécurité.

— Rentrons, si tu veux bien, mon ami.

Alors qu'elle s'approche du palais, suivie par Sabius et son fidèle Hemsut, la reine Nephthys ressent une vague de chaleur et de joie. À sa grande surprise, toute la communauté des dragons, des elfes et des nains l'attend avec impatience. Chacun d'eux l'accueille chaleureusement, leurs visages illuminés par un sourire sincère. Thorik, le grand magicien, s'avance et lui assure toute son amitié. Elione, l'elfe aux longs cheveux argentés, la serre dans ses bras, un geste plein de tendresse et de soutien.

Pendant la nuit, alors qu'elle se reposait, ils ont tous pris une décision cruciale. Réunis en grand conseil, ils ont discuté des enjeux qui pèsent sur le royaume. Le verdict est unanime : ils ne quitteront pas l'Égypte avant d'être certains que le trône de Pharaon revient à Nephthys. Ils savent qu'il leur faut démasquer les gens de l'ombre qui complotent dans l'obscurité. Selene, l'énigmatique prêtresse, est peut-être l'un d'entre eux. Mais ils sont conscients qu'il pourrait y en avoir bien d'autres.

— C'est à la communauté de découvrir ces traîtres et de les empêcher de nuire, proclame Thorik solennellement.

Ainsi, ensemble, ils forment un front uni, déterminé à protéger Nephthys et sa terre.

— Longue vie au futur Pharaon ! proclame Sabius.

Tous lèvent la main en signe de serment, jurant fidélité et allégeance à Nephthys, leur regard brillant d'une résolution inébranlable. La reine, émue par tant de dévouement, sait qu'elle peut compter sur eux dans cette lutte pour la justice et la paix.

Chapitre 11

Selene se tient au centre de la grande salle du temple, entourée de colonnes majestueuses ornées de hiéroglyphes aux mille couleurs. La lumière des torches danse sur les murs, créant une atmosphère à la fois solennelle et chargée de tension. Elle regarde les nobles rassemblés devant elle, leurs visages marqués par l'hésitation et l'inquiétude.

— Mes chers amis, commence-t-elle d'une voix douce mais ferme, je vous remercie d'être ici aujourd'hui. Nous sommes à un tournant décisif de notre histoire.

Elle marque une pause, scrutant les visages attentifs, cherchant à capter leur attention.

— La reine Nephthys, bien que ma sœur, ne peut prétendre au trône. Son règne serait un désastre pour notre nation.

Selene feint une assurance qu'elle ne ressent pas entièrement. Elle se rappelle de sa récente défaite face à Sabius, le dragon blanc, et la colère qui l'a habitée. Mais aujourd'hui, elle doit se montrer forte.

— J'exige une fidélité absolue de votre part à tous, poursuit-elle, sa voix s'élevant avec conviction. En échange, je vous promets des places de choix au grand conseil du Pharaon tout puissant. Ensemble, nous pouvons empêcher Nephthys d'accéder au trône et assurer un avenir radieux pour notre peuple.

Les nobles échangent des regards inquiets. Certains murmurent entre eux. Ils doutent, c'est évident. Ils se souviennent des rumeurs qui entourent Selene, de ses ambitions obscures.

— Et si cela n'était qu'un leurre ? demande l'un d'eux.

Selene, consciente de leur méfiance, s'efforce de maintenir son calme.

— Je sais que vous avez des doutes, admet-elle, mais sachez que je ne cherche que le bien de notre royaume. Ensemble, nous pouvons modifier l'avenir.

Elle les observe, espérant que ses mots suffisent à apaiser leurs craintes. Selene est déterminée. Elle sait que chaque mot compte, que chaque regard peut faire pencher la balance en sa faveur. Le trône l'attend, et elle ne laissera rien ni personne se mettre en travers de son chemin.

Tarek, le fils de la reine Nephthys, se tient au cœur du temple, envoûté par l'atmosphère sacrée qui l'entoure. Les premières lueurs de l'aube filtrent à travers les colonnes du lieu saint, projetant des ombres dansantes sur le sol en marbre poli. L'air est frais, chargé d'un parfum d'encens qui s'élève lentement, créant une ambiance apaisante, bien que son esprit soit en proie à un tumulte intérieur.

Il s'agenouille sur le tapis de prière, ses mains jointes devant lui, les paumes légèrement tremblantes. Les murmures des esprits malfaisants résonnent dans sa tête, des voix chuchotant des doutes et des peurs, le rendant anxieux. Tarek ferme les yeux, tentant de se concentrer sur les paroles sacrées qu'il a apprises depuis son enfance. Il

Se souvient des histoires de dieux bienveillants, de leur capacité à apporter réconfort et protection à ceux qui les invoquent avec sincérité.

— Ô dieux tout puissants ! Venez-moi en aide et conseillez-moi !

Autour de lui, les murs du temple racontent la mythologie égyptienne. Les visages des dieux semblent le regarder, leurs yeux pleins de sagesse et de compassion. Tarek aspire à cette paix intérieure, à cette sérénité que ses ancêtres ont toujours recherchée. Il se redresse légèrement, sa voix s'élevant dans une prière fervente, chaque mot résonnant comme une supplication.

— Ô dieux d'Egypte, écoutez ma détresse. Libérez-moi de ces ombres qui m'assaillent. Accordez-moi la force de surmonter mes peurs et de trouver la lumière dans l'obscurité.

Le silence du temple lui répond, mais il sent une légère brise caresser son visage, comme une caresse réconfortante. Il rouvre les yeux, et l'espace d'une seconde, croit percevoir une lueur dorée émanant des statues des dieux. Son cœur se remplit d'espoir. Peut-être que la paix qu'il recherche n'est pas si lointaine. Tarek se laisse porter par cette pensée, se

concentrant sur sa respiration, cherchant à apaiser son esprit tourmenté.

Alors qu'il continue de prier, il sent une chaleur douce l'envahir, comme si les dieux eux-mêmes l'entouraient de leur bienveillance. Les esprits malfaisants commencent à s'estomper, leurs murmures se dissipant peu à peu. Tarek sait qu'il doit continuer à lutter, mais pour la première fois depuis longtemps, il ressent une lueur d'espoir. Dans ce temple sacré, il trouve un refuge, un sanctuaire où il peut se reconnecter avec lui-même et avec les dieux qui veillent sur lui.

Tarek se tient dans l'ombre du temple, ses yeux rivés sur la scène qui se déroule devant lui. Les hiéroglyphes scintillent sous la lumière vacillante des torches, projetant des ombres fantomatiques et disproportionnées sur le sol de granit. Il entend les murmures des nobles de la cour, leurs voix feutrées éveillant un sentiment de trahison. Selene, sa tante, se tient au centre, sa silhouette élancée drapée dans des tissus riches et sombres, un sourire énigmatique sur les lèvres.

— Vous comprenez, mes chers amis, dit-elle d'une voix douce mais ferme, le trône de Pharaon doit être occupé par quelqu'un de

visionnaire. Nephthys est trop... attachée aux traditions.

Les nobles hochent la tête, leurs visages marqués par l'intérêt et l'inquiétude. Tarek fronce les sourcils. Il savait que Selene était ambitieuse, mais à ce point ? Une telle trahison le révolte.

Il attend, caché derrière une colonne massive, son cœur battant la chamade. Les nobles commencent à se disperser, mais Tarek ne peut pas se résoudre à quitter sa cachette. Il doit en savoir plus. Il fait un pas en avant, mais un bruit de métal attire son attention. Il se fige.

— Vous êtes sûr que cela fonctionnera ? demande l'un des nobles, sa voix tremblante.

— Avec l'aide des Anunnakis, rien n'est impossible, répond Selene, son regard brillant d'une lueur étrange.

Tarek plisse les yeux. Les Anunnakis ? Les divinités du monde souterrain ? Il n'en croit pas ses oreilles. Il s'approche lentement et se glisse derrière une statue pour mieux voir.

À sa grande surprise, il aperçoit Selene en grande conversation avec des figures sombres, drapées dans des robes noires, leurs visages cachés sous des capuchons. L'air autour d'eux semble vibrer d'une énergie sinistre.

— Vous devez me promettre votre soutien, insiste Selene, sa voix pleine de détermination. Avec votre puissance, je peux renverser Nephthys et prendre ma place sur le trône.

— La mort et le chaos sont nos alliés, murmure l'une des divinités. Mais qu'offrez-vous en retour ?

Tarek, horrifié, se rend compte que sa tante est prête à tout sacrifier pour réaliser ses ambitions. Il se sent tiraillé entre la loyauté envers sa mère et la peur de ce que Selene pourrait devenir.

— Je vous donnerai ce que vous désirez, répond Selene, son regard brillant d'une ambition dévorante. Je ferai de ce royaume un empire où votre influence régnera.

L'Egypte deviendrait le royaume des morts, pense Tarek avec dégoût.

Le jeune homme refuse de se taire davantage. Il fait un pas en avant, sa voix tremblante mais résolue.

— Tante Selene !

Tous les regards se tournent vers lui, et le silence s'installe, lourd de tension. La prêtresse, surprise, affiche un sourire qui ne cache pas son irritation.

— Tarek, que fais-tu ici ? demande-t-elle, feignant l'innocence.

— Je sais ce que tu complotes, déclare-t-il, sa voix plus forte qu'il ne l'aurait cru. Tu n'as pas le droit de faire cela ! Nephthys est ma mère !

Les Anunnakis échangent des regards, amusés par la bravoure du jeune homme. Un humain se dressant contre les dieux, c'est du suicide. Selene, quant à elle, s'approche de lui, son sourire se transformant en un abominable rictus.

— Mon cher Tarek, dit-elle d'une voix faussement douce, presque mielleuse. Tu ne comprends pas. Le pouvoir exige des sacrifices. Et parfois, il faut se débarrasser de ceux qui nous retiennent.

Tarek sent une vague de colère le terrasser. Il sait qu'il doit agir, mais comment lutter contre une tante qui s'allie avec les dieux des Enfers et des Abîmes ? Le destin de sa famille est en jeu, et il doit trouver un moyen de contrecarrer les plans de sa tante avant qu'il ne soit trop tard.

Chapitre 12

Selene se tient dans l'ombre du temple. Fidèle à elle-même, elle préfère la compagnie de l'obscurité plutôt que la lumière. On ne la surnomme pas la sorcière pour rien. Elle a feint de partir sous le regard anxieux de son neveu.

Dès que Tarek détourne le regard, elle se glisse par une porte dissimulée, un passage secret qu'elle connaît par cœur. L'air frais de la nuit l'enveloppe alors qu'elle avance, son esprit en ébullition. Elle a pris une décision. Les nobles sont trop lâches, et Tarek, bien qu'il soit de sa propre famille, est trop naïf pour comprendre l'ampleur de la menace que représente la reine Nephthys.

La prêtresse se dirige vers la statue majestueuse de la déesse Ouadjet, dont le regard perçant semble la suivre. Le cobra qu'elle porte sur l'épaule se redresse, vibrant d'une énergie ancienne.

— Ô déesse Ouadjet, grande protectrice de la Basse Egypte et du Pharaon, proclame-t-elle, sa voix résonnant dans le silence du temple. Je viens à toi avec une requête.

Elle s'agenouille devant la statue, ses mains tremblantes posées sur le sol froid.

— Je ne peux plus compter sur les hommes, continue-t-elle. Nephthys doit être détruite. Elle ne mérite pas le trône d'Égypte. Je suis prête à tout pour prendre ma place.

Un frisson parcourt son échine alors qu'elle attend une réponse. Les ombres dansent autour d'elle, et elle sent une présence, une force qui l'entoure.

— Accorde-moi ce pouvoir, implore-t-elle, sa voix se faisant plus forte. Fais en sorte que la destruction s'abatte sur elle.

Des murmures macabres s'élèvent des profondeurs, comme un écho des Anunnakis.

— Que la force destructrice soit à mes côtés, déclare-t-elle avec ferveur. Je ne reculerai devant rien.

La prêtresse se redresse, le regard fixé sur la déesse Ouadjet. Elle sait que le chemin qu'elle emprunte est dangereux, mais elle est prête à affronter les ténèbres pour réaliser son destin.

— Je deviendrai Pharaon, promet-elle, le cobra vibrant sur son épaule comme pour sceller son vœu.

Selene a toujours rêvé de ce moment. Se retrouver face à la déesse Ouadjet et son Cobra destructeur est un privilège.

Seulement, la réalité s''avère bien différente de ses attentes et la prêtresse déchante rapidement.

— Ô Ouadjet, déesse des serpents, protectrice de l'Égypte, insiste-t-elle. J'implore ta faveur. Accorde-moi le pouvoir de devenir Pharaon.

Un silence pesant s'installe, et Selene sent son souffle se couper. Elle lève les yeux vers l'imposante statue de la déesse, dont le visage est impassible. Cependant, ses yeux, deux émeraudes brillantes, semblent scruter son âme. Lové sur son épaule, le Cobra destructeur, serpent sacré d'Ouadjet, s'agite nerveusement, ses écailles scintillant comme des étoiles dans la nuit.

— Tu oses demander cela, Selene ? demande la déesse d'une voix profonde et autoritaire.

Devenir Pharaon n'est pas un simple caprice. C'est un véritable fardeau. Cela représente le sacrifice de toute une vie !

La prêtresse, bien que intimidée, se redresse.

— Je suis prête à tout, déesse. Je peux apporter la prospérité à notre peuple. Je peux...

— Tu peux quoi ? interrompt le Cobra, sa langue fourchue s'échappant de sa bouche. Tu penses que je vais te laisser manipuler mon pouvoir pour assouvir tes ambitions ?

Le serpent s'est maintenant éloigné de la déesse et se tortille derrière son dos. Visiblement, la situation lui déplait fortement. Brusquement, il se redresse et siffle, prêt à mordre à tout instant.

Selene frissonne. Elle n'avait pas prévu que le cobra réagirait ainsi.

— Je ne veux pas te manipuler, je...

— Tu es en train de le faire, gronde l'animal sacré, ses yeux perçants fixés sur elle. Les dieux n'aiment pas être contraints. Nous écoutons, mais nous ne sommes pas des marionnettes.

La prêtresse se sent piégée. Elle a toujours cru que sa volonté et sa foi suffiraient à convaincre la déesse.

— Que dois-je faire alors ? Quel est le prix à payer pour obtenir ta bénédiction ?

La déesse se penche légèrement, son regard perçant ne quittant pas Selene.

— Je crains que ce ne soit pas dans tes moyens, prêtresse. Je ne te donnerai pas le trône sans sacrifice. Tu devras abandonner une partie de toi-même, quelque chose que tu chéris profondément.

— Je... je suis prête à tout sacrifier, déclare Selene.

Elle tremble de tous ses membres. Il n'est guère aisé de s'affirmer face à un dieu d'autant qu'elle ignore encore de quel sacrifice parle Ouadjet.

— Vraiment ? demande la déesse, un sourire énigmatique se dessinant sur ses lèvres. Même ta liberté ? Même tes rêves d'amour et de bonheur ?

Selene hésite. Le poids des mots d'Ouadjet l'écrase littéralement. Elle se rend compte que le chemin qu'elle emprunte devient périlleux.

— Je... je ne sais pas, balbutie-t-elle. Mais je veux le bien du peuple.

— Réfléchis bien, Selene, crache le Cobra en s'enroulant autour de son bras. Le pouvoir a un prix, et il n'est pas toujours celui que l'on imagine.

La prêtresse ferme les yeux, mesurant parfaitement le dilemme qui se présente à elle. La peau froide et visqueuse du reptile sur sa peau lui donne des hauts de cœur. Elle sait que la déesse et son serpent ne lui donneront pas ce qu'elle veut sans une véritable épreuve. Dans ce temple sacré, elle doit choisir entre ses ambitions et son essence même.

— Je... je vais réfléchir, finit-elle par dire, la voix chargée d'émotion. Je ne veux pas perdre ce que je suis.

Selene a beau être avide, ambitieuse et dénuée de morale, elle tient particulièrement à son identité. La grande prêtresse a de l'amour propre.

— Voilà qui est sage, déclare Ouadjet, son regard se radoucissant légèrement. Prends le temps qu'il te faut. Mais souviens-toi, le temps est un luxe que les mortels ne peuvent se permettre.

Là-dessus, Selene s'incline, le cœur lourd mais l'esprit en ébullition. Elle sait que l'accès au trône nécessite patience et sérénité, et que chaque choix qu'elle fera la rapprochera ou l'éloignera de son destin.

Chapitre 13

Tarek est rentré au palais. Pour le moment, il se terre dans sa chambre, évitant soigneusement de croiser sa mère. La découverte des sombres machinations de Selene, la grande prêtresse du temple, l'a bouleversé. Il se sent piégé dans un tourbillon d'émotions contradictoires. Comment peut-il empêcher sa tante de mettre ses plans à exécution ? Elle est fourbe et rusée comme un serpent. Elle a même imploré les dieux des Enfers et des Abîmes. Tarek sait qu'elle ne reculera devant rien pour atteindre ses objectifs.

Assis sur le bord de son lit, il se perd dans ses pensées. Les murs de sa chambre semblent se refermer sur lui, et chaque pulsation de son cœur retentit comme un rappel de son échec. La dernière fois qu'il a parlé à sa mère, il s'est opposé à elle avec une arrogance qu'il regrette amèrement. Il lui a signifié qu'il était l'héritier du trône d'Égypte, que le titre de Pharaon lui revenait de droit. Mais aujourd'hui, cette certitude s'effrite. Il réalise à quel point il a été envieux et ingrat envers celle qui lui a donné la vie.

Tarek se sent terriblement coupable. Les souvenirs de leur dernière conversation le hantent. Il aurait dû la soutenir, l'écouter, mais à la place, il a laissé son ambition le guider. Maintenant, il est seul, enfermé dans sa chambre, rongé par le remords. Que peut-il faire pour réparer ses erreurs ? Peut-il encore gagner la confiance de sa mère et l'aider à contrer cette vipère de prêtresse ?

Il se lève, déterminé. Il doit agir. Peut-être qu'en révélant les vérités cachées sur Selene, il pourra non seulement protéger le royaume, mais aussi se racheter aux yeux de sa mère. Tarek prend une profonde inspiration, son esprit s'éclaircit. Il sait qu'il doit affronter ses démons, non seulement ceux qui menacent le palais, mais aussi ceux qui résident profondément en lui. Le chemin sera difficile, mais il est prêt à tout pour prouver à sa mère qu'il est digne d'être son fils.

Tarek parcourt les interminables du palais. Il cherche Nephthys. Soudain, il entend un murmure doux et fervent qui s'élève dans l'air. Intrigué, il suit la voix et se dirige vers une salle ornée de fresques anciennes.

Là, il la trouve. Nephthys est agenouillée, les yeux fermés, entourée de l'aura sacrée de sa prière. Elle invoque ses ancêtres, appelant leur sagesse et leur force pour l'aider dans sa quête. Tarek s'approche discrètement, fasciné par la pureté qui émane d'elle. Elle lève les mains vers le ciel, son visage empreint de ferveur, et appelle aussi son défunt mari, le grand pharaon, dont l'ombre plane toujours sur le palais.

Les mots qu'elle prononce sont chargés d'émotion, une supplication aux dieux tout-puissants. Tarek, caché dans l'ombre, ressent une vague d'admiration. Il s'aperçoit qu'elle croit en son avenir, en son destin. Nephthys

n'est pas simplement une femme en prière. Elle est une force de la nature, résolue à devenir le pharaon d'Égypte. Il sait alors que rien ne pourra l'arrêter dans sa quête de pouvoir et de légitimité.

Tarek s'agenouille devant sa mère, le cœur lourd de remords. Les yeux de la reine s'agrandissent de surprise alors qu'elle le regarde, perplexe. Tarek inspire profondément, sa voix tremblante trahissant son émotion.

— Mère, je te demande pardon, implore-t-il, la tête baissée. J'ai été aveuglé par mon désir de pouvoir. Je pensais que le trône d'Égypte m'appartenait de droit, mais ce que j'ai vu... est terrible.

Nephthys fronce les sourcils, intriguée par la gravité de ses paroles. Tarek continue, sa voix se faisant plus ferme.

— J'ai été témoin d'une scène maléfique, une vision qui m'a ouvert les yeux. La soif de pouvoir ne mène qu'à la destruction. Je refuse désormais de prétendre au trône.

Nephthys ne cache pas son étonnement.

— Que veux-tu dire, Tarek ?

Il lève enfin les yeux vers elle, honteux de son comportement.

— Je veux changer, mère. Je m'engage à te soutenir, à t'aider à devenir le grand pharaon que l'Égypte mérite. Je ne veux plus être celui qui cherche à régner, mais celui qui œuvre pour le bien de notre peuple.

Nephthys est touchée par la sincérité de son fils. Elle voit en lui un homme prêt à se racheter et à embrasser un nouveau chemin. Dans ce moment de vulnérabilité, un lien se renforce entre eux. L'avenir parait soudain prometteur.

Tandis que Tarek fait ses révélations, Nephthys commence à comprendre. Il lui rapporte le complot qui se trame entre Selene et les nobles du royaume. Sa voix tremble légèrement alors qu'il lui parle de ses incantations auprès des dieux des Enfers, des murmures sordides qui circulent dans les couloirs du pouvoir.

Il lui révèle l'immonde requête que Selene a osé faire auprès de la déesse Ouadjet. La prêtresse, dans sa quête de pouvoir, est prête à signer un pacte avec elle et les dieux des morts. Pour cela, elle doit accepter de sacrifier

son propre bonheur, l'amour et son identité. Chaque révélation est un coup de poignard dans le cœur de Nephthys, et elle sent la terreur s'emparer d'elle.

— J'étais loin d'imaginer... commence-t-elle.

Les aveux de Tarek ont un effet terrible sur la reine. Elle réalise l'ampleur du danger qui menace son royaume et sa propre existence. Il ne reste plus qu'une chose à faire : convoquer le grand conseil de la communauté des dragons. Et surtout demander l'aide d'Horus, dieu de la royauté.

Obéissant à l'appel de la reine, Horus, le dieu faucon, s'élève majestueusement dans le vaste ciel d'Egypte. Ses ailes déployées, il survole les rives du Nil, observant le monde en contrebas. Les villageois, en bas, lèvent les yeux vers lui, admirant sa beauté et sa puissance. Ils savent qu'Horus est le protecteur des pharaons, le symbole de la royauté et de la victoire.

Il se rend au temple, où les prêtres l'accueillent avec des offrandes. Ils chantent des hymnes en son honneur, célébrant sa force et sa sagesse. Horus, avec son regard perçant, veille sur son peuple, prêt à défendre ceux qui lui sont chers. Il se souvient des batailles passées, de la lutte contre Seth, le dieu du chaos, et de la manière dont il a restauré l'ordre et l'harmonie. Dans le ciel, il croise le dieu soleil, Râ, et ensemble, ils illuminent la terre. Horus sait que sa mission est sacrée : protéger l'Égypte et guider les âmes vers l'au-delà. Chaque jour, il inspire courage et espoir, rappelant à tous que la lumière triomphe toujours sur les ténèbres. Ainsi, dans le cœur des Égyptiens, Horus demeure un symbole éternel de force et de résilience.

Lorsque le dieu atterrit sur la terrasse du palais, la reine se précipite pour l'accueillir comme il se doit.

— Je te remercie d'être venu aussi vite, Ô Horus, dieu des Pharaons !

Dans un bruissement d'ailes, le dieu la salue. Avec son aide, Nephthys va devoir prendre une décision qui pourrait bien changer le destin du royaume à jamais.

— Le temps presse, Ô Horus ! L'ombre du complot s'étend déjà sur notre monde.

Chapitre 14

L'échange avec le dieu de la royauté est fructueux. Horus, le dieu de la royauté, aidera Nephthys dans sa quête du trône. Seulement, elle doit se faire épauler par des gens de confiance. Le dieu la met en garde. Même si elle est désormais sous sa protection divine, elle demeure en danger.

— Je crois que je sais à qui je vais m'adresser, annonce la reine à son fils un peu plus tard.

— Aurais-tu de nouveaux amis, mère ? lui demande Tarek.

Nephthys sourit.

— Je crois qu'il est grand temps que je te présente quelqu'un, souffle-t-elle.

Pendant ce temps, Horus vole vers le temple. Les grandes portes de pierre s'ouvrent lentement, révélant l'intérieur sacré où la grande prêtresse, l'attend. Son regard est perçant, et l'atmosphère est chargée de tension. Horus sait pourquoi il est ici : il doit démasquer Selene. Pourquoi désire-t-elle s'approprier le trône de pharaon ? Les murmures de la cour résonnent dans son esprit, et une question le hante plus que les autres : est-ce vraiment elle qui a tenté d'éliminer Nephthys ?

De son côté, Nephthys rassemble ses alliés.

— Tarek, je te présente Sabius, déclare-t-elle.

Son fils n'est même pas surpris. Avec sa mère, on peut s'attendre à tout.

— Nous avons formé une coalition puissante composée de dragons invincibles, d'elfes agiles et de nains magiciens, explique le dragon blanc.

Tous affichent leur fierté. Ensemble, ils renforcent leur alliance autour de la reine, lui

prêtant allégeance avec une ferveur inébranlable.

— Ils viennent de prendre une décision audacieuse, dit la reine. Ils vont se liguer contre les nobles, ces êtres craintifs qui ne pensent qu'à leur richesse.

— Astucieux, répond aussitôt Tarek. Ainsi, isolée, Selene perdra de sa force.

Sabius conduit ses frères les dragons à travers les couloirs sombres du palais, leurs écailles ressemblant à des cuirasses de guerriers. Ils atteignent enfin la salle du tribunal. Les nobles du royaume, assis sur des sièges en bois sculpté, les observent avec méfiance. Les elfes et les nains, leurs alliés, se tiennent à leurs côtés, accentuant la crainte des nobles.

Elione est présente, rayonnante au milieu de cette assemblée tendue. Elle serre son petit dragon contre elle, un symbole d'espoir et de renouveau. Les nobles, bien que puissants, ressentent une peur sourde face à la situation qui se présente à eux. Ils se sont cloîtrés dans cette salle pour discuter des décisions cruciales qui pourraient changer le cours de leur royaume.

Le dilemme est cruel : suivre Selene et éliminer Nephthys, la reine controversée, ou prêter allégeance à cette dernière et lui donner leur bénédiction pour qu'elle devienne Pharaon d'Égypte. Les murmures s'élèvent, chacun pesant le pour et le contre, tandis que l'angoisse perdure.

Sabius dévisage les nobles. Tous sont vêtus de riches étoffes et ornés de bijoux scintillants et affichent des visages marqués par l'incertitude. Parmi eux se tient Asar, un des leaders du groupe. Sa stature imposante et son regard perçant inspirent à la fois respect et crainte. Il est connu pour sa sagesse, mais aussi pour sa détermination à protéger son peuple. Asar scrute ses pairs, cherchant des signes d'accord ou de désaccord, conscient que chaque décision prise ici pourrait avoir des conséquences irréversibles.

— Nous ne venons pas en ennemi, déclare Sabius. Nous attendrons que votre conseil soit terminé.

Les discussions s'intensifient, les voix s'élèvent, et le poids de la responsabilité pèse lourdement sur les épaules des nobles. Ils savent que le choix qu'ils feront aujourd'hui scellera leur destin.

De longues heures s'écoulent. Thorik finit par danser d'un pied sur l'autre, se demandant s'il ne va pas tous le transformer en affreux crapauds. Elione montre un calme exemplaire tandis que Sabius contient la fureur de ses dragons en colère. Il ne manquerait plus que ça que l'un d'eux se mette à cracher du feu.

— Nous avons fini, déclare enfin Asar.

Sabius sourit.

Ils se sentent menacés. Ils ne peuvent qu'obtempérer, se dit-il.

— Nous renonçons à soutenir la prêtresse Selene, proclame solennellement Maïra, fille de Sohan, le seigneur du lac.

A ses côtés, Asar acquiesce. Le grand conseil des nobles a statué.

La communauté des dragons, des elfes et des nains pousse un long soupir. Cette sage décision leur épargne un combat inutile.

— Nous abdiquons ! annoncent les nobles d'une même voix.

Sabius ne l'entend pas ainsi. Ils doivent assumer leur décision jusqu'au bout et prêter serment devant la reine.

— Que quelqu'un aille chercher la reine Nephthys ! ordonne-t-il.

Un long murmure envahit la pièce. Les nobles craindraient-ils son courroux ?

— Je suis là, dit une voix féminine. Elle vient de derrière les piliers.

Nephthys s'avance avec dignité. Lentement, elle vient se tenir près de Sabius, le grand dragon blanc. A ses côtés, son fidèle Hemsut remue la queue d'impatience.

— Nous prêtons allégeance à notre reine, Nephthys ! déclarent-ils tous d'une même voix. Nous la conduirons sur le trône d'Egypte !

L'ombre de la trahison semble d'être dissipée. Horus, dissimulé derrière l'autel sacré, observe la scène avec satisfaction. Le dieu de la royauté sait que le destin du royaume est en train de se jouer.

Chapitre 15

Dans la lumière éclatante du matin, le royaume se prépare à célébrer un événement historique. Nephthys, enfin victorieuse, est proclamée Pharaon. Selene, mise hors d'état de nuire, ne peut plus troubler la paix de son royaume. Elle a avoué ses fautes devant la reine et demandé son pardon. La grande prêtresse a aussi confié à Nephthys qu'elle brûlait d'amour pour Khepis, son ami. De ce fait, elle se sentait incapable de répondre favorablement aux exigences de la déesse Ouadjet.

— En aucun cas, je n'aurais pu renoncer à l'amour, avoue-t-elle à la souveraine.

Les nobles traîtres, ceux qui ont conspiré contre elle, sont momentanément éloignés du palais. Nephthys, dans sa grande bonté, leur a malgré tout accordé son pardon.

Tarek, le fils dévoué, retrouve sa mère, et ensemble, ils se tiennent prêts à accueillir tous les êtres de lumière de la galaxie pour une fête grandiose.

— Nous leur devons beaucoup, admet la reine. Sabius a su faire ce qu'il fallait et je lui en serai éternellement reconnaissante.

Le palais est transformé en un véritable sanctuaire de lumière et de couleur. Des guirlandes de fleurs éclatantes ornent chaque colonne, tandis que des lanternes scintillantes flottent dans les airs, projetant des ombres dansantes sur les murs de pierre. Les senteurs enivrantes des mets préparés par les meilleurs cuisiniers du royaume se mêlent à l'arôme des fleurs, créant une atmosphère de fête inoubliable. Dans toutes les maisons et rues du pays, le peuple festoie.

Le banquet est un festin somptueux, présenté sur une table aussi longue que le palais, recouverte de plats raffinés. Des fruits juteux, des viandes rôties, des pains dorés et des douceurs sucrées sont disposés avec soin. Les convives, issus de tous les coins du

173

royaume et au-delà, se rassemblent autour de la table, leurs visages illuminés par l'excitation. Les rires et les conversations s'élèvent dans l'air, créant une mélodie joyeuse qui résonne dans tout le palais.

Des musiciens, habillés de vêtements chatoyants, jouent des mélodies envoûtantes. Les sons des harpes, des flûtes et des tambours s'entrelacent, créant une symphonie qui invite à la danse. Les elfes, avec leur grâce naturelle, s'élancent sur la piste, leurs mouvements fluides et légers captivant tous les regards. Les nains, avec leur énergie contagieuse, se joignent à eux, ajoutant une touche de vigueur à la fête. Thorik parvient même à montrer ses talents de danseur.

— Il est vraiment très drôle, celui-là, confie Tarek à sa mère.

— Il n'est pas seulement drôle, crois-moi ! C'est un personnage aux pouvoirs immenses ! rétorque la souveraine.

Plus loin, les dragons, perchés sur les toits, rugissent de joie, leurs écailles scintillant sous la lumière des étoiles. Sabius, le grand dragon blanc, est au milieu d'eux.

Nephthys, assise sur son trône, brille comme une étoile dans la nuit. Sa robe, tissée de fil

d'or et de pierres précieuses, capte la lumière et la renvoie en mille éclats. Son sourire rayonne de bonheur et de fierté alors qu'elle observe son peuple célébrer. Tarek, à ses côtés, est le premier conseiller du pharaon, et son regard est empli d'admiration pour sa mère.

— Tu es magnifique, mère, lui murmure-t-il, la voix pleine d'émotion. Ce royaume est entre de bonnes mains.

— Grâce à toi, mon fils, répond Nephthys, sa voix douce et pleine de gratitude. Ensemble, nous avons surmonté tant d'épreuves.

Alors que la nuit avance, les danses deviennent plus enjouées, et les convives se laissent emporter par l'ivresse et la magie de l'instant. Les étoiles brillent au-dessus d'eux, témoins silencieux de cette célébration de la paix retrouvée. Les dragons, les elfes et les nains, après avoir partagé ce moment de joie, prennent congé, retournant dans leurs royaumes respectifs, mais non sans promettre de revenir pour célébrer les succès futurs de Nephthys.

— Adieu, mon cher Sabius. Tu vas beaucoup me manquer, avoue Nephthys.

La fête se prolonge jusqu'à l'aube, et alors que le soleil se lève sur une nouvelle ère, Nephthys sait que la paix éternelle est enfin à portée de main. Elle lève sa coupe en l'honneur de son peuple, de ses alliés légendaires et de l'avenir radieux qui les attend.

— À notre royaume ! proclame-t-elle.

Les voix de la foule s'élèvent en un chœur d'acclamations.

Nephthys, Pharaon d'Egypte, brille comme une étoile, prête à guider son peuple vers un avenir de prospérité et d'harmonie.

A propos de l'auteure :

Nathalie Antien est auteure et illustratrice jeunesse. Elle publie des albums illustrés éducatifs, des romans, des recueils de nouvelles et des carnets de voyage. Elle aime faire voyager et rêver à travers ses histoires palpitantes. Elle réside dans le Sud-Ouest de la France.

Cher lecteur,

Pour cette œuvre de pure fiction, je me suis, malgré tout, inspirée de la mythologie égyptienne. Le nom de mon héroïne, Nephthys, provient de la déesse Nephtys, déesse funéraire, appelée aussi « Dame du château », sœur d'Osis et d'Osiris, épouse du dieu Seth. Dans mon récit, je fais aussi référence à quelques dieux égyptiens tels qu'Horus et Anubis. Toute l'histoire est le fruit de mon imagination et ne tient absolument pas compte de la réalité historique. Je vous souhaite une belle lecture !

Nathalie Antien

'